나는 기억한다

조 브레이너드 지음
천지현 옮김

모멘토

PORTRAIT OF ME

나는 기억한다

나는 기억한다, 봉투에 "5일이 지나면 아래 주소로 반송하기 바람"[1]이라고 쓰인 편지를 처음으로 받았던 때를. 그때는 그 편지를 닷새 동안 가지고 있다가 그걸 부친 사람에게 돌려보내야 하는 모양이라 생각했다.

나는 기억한다, 콘돔을 찾아 부모님 서랍을 뒤질 때 느끼곤 하던 그 짜릿함을. (피콕[2]이었다.)

나는 기억한다, 소아마비가 이 세상에서 가장 나쁜 것이던 때를.

---

1) After Five Days, Return To. 보내는 이 주소 바로 위에 대개 타이프라이터로 쳐서 넣는 지시 문구. 닷새가 지나도 받을 사람에게 배달이 안 될 경우 보낸 이의 주소로 반송하라는 뜻이다. 미국 우정공사 규정에 따르면 이 날수는 발신자가 최소 3일부터 최대 30일까지 임의로 정할 수 있다.
2) Peacock. 콘돔 상표.

나는 기억한다, 분홍색 와이셔츠를. 그리고 볼로 타이[3]도.

나는 기억한다, 우리가 자주 먹던 토끼풀같이 생긴 (노란색 잔꽃이 달린) 이파리가 그렇게 시큼한 이유는 개들이 그 위에 오줌을 싸기 때문이라고 어느 아이가 나에게 말했던 것을. 그 얘기를 듣고서도 내가 그것을 먹는 걸 그만두지 않았다는 것도 기억한다.

나는 기억한다, 내가 그린 기억이 나는 최초의 그림을. 뒷자락이 아주 긴 드레스를 입은 신부 그림이었다.

나는 기억한다, 처음 피운 담배를. 켄트였다. 오클라호마 주 털사, 어느 언덕 위에서. 론 패짓[4]과 함께.

나는 기억한다, 첫 발기를. 무슨 끔찍한 병에라도 걸린 줄 알았다.

---

3) bolo tie. 줄이나 가죽끈 등을 금속 따위로 만든 납작한 장식품으로 고정하여 목에 거는 넥타이. 볼라 타이, 루프 타이, 슈스트링 타이라고도 한다.
4) Ron Padgett(1942~). 이 책의 발간을 주관한 패짓은 브레이너드와 어린 시절부터 친구로, 고등학교 때 함께 전위적 문학잡지를 만들어 앨런 긴스버그, 잭 케루악, e.e. 커밍스 등 유명 문인의 원고를 받아 싣기도 했다. 이후 뉴욕에서 브레이너드와 같이 아방가르드 예술가들의 비공식적 집단이 이른바 '뉴욕 스쿨'의 일원이 되었다. 그의 테드 베리건(Ted Berrigan), 브레이너드가 공저하고 다른 문인들도 그때그때 한두 줄씩 기여한, 그림을 곁들인 시문집 *Bean Spasms*(1967)는 누가 어떤 글을 썼는지 밝히지 않은 것으로도 유명하다.

나는 기억한다, 단 한 번 어머니가 우는 것을 보았던 때를. 나는 살구 파이를 먹고 있었다.

나는 기억한다, 「남태평양」[5]을 세 번이나 보면서 얼마나 많이 울었던가를.

나는 기억한다, 아이스크림 한 그릇을 먹고 난 후 마시는 물 한 잔이 얼마나 맛있을 수 있는지를.

나는 기억한다, 5년간 주일학교를 한 번도 빠지지 않은 덕에 5년 개근 배지를 받았던 것을. (감리교회였다.)

나는 기억한다, '자기가 좋아하는 사람으로 분장하고 오기' 파티에 메릴린 먼로로 꾸미고 갔던 때를.

나는 기억한다, 내 최초의 기억 중 하나인 아이스박스를. (냉장고를 말하는 게 아니다.)

나는 기억한다, 비닐봉지에 든 하얀색 마가린을. 그리고 작은 오렌지 가루 팩도. 오렌지 가루를 마가린이 들어 있는 봉지에 넣고 이

---

5) *South Pacific*. 1949년 브로드웨이에서 히트한 뮤지컬을 1958년에 영화화한 것.

리저리 주무르다 보면 마가린이 노란색으로 변했다.

나는 기억한다, 한때 내가 얼마나 말을 더듬었는지를.

나는 기억한다, 고등학교 시절, 잘생기고 인기 있기를 얼마나 바랐던가를.

나는 기억한다, 고등학교 때 목요일에 녹색과 노란색 옷을 입으면 자신이 퀴어[6]라는 의미였던 것을.

나는 기억한다, 고등학교 시절 속옷 속에 양말을 쑤셔 넣곤 하던 것을.[7]

나는 기억한다, 목사가 되리라 결심했던 때를. 그러지 않기로 결심한 게 언제였는지는 기억이 나지 않는다.

나는 기억한다, 처음으로 텔레비전을 본 순간을. 루실 볼[8]이 발레

---

6) queer. 원래는 '이상한, 기묘한' 정도의 뜻이었지만 지금은 동성애자나 양성애자, 트랜스젠더 등을 가리키는 말로 많이 사용된다
7) 남성성을 과시하려고 바지 앞을 불룩하게 만드는 것을 말한다.
8) Lucille Ball(1911~89). 1950~60년대에 TV를 중심으로 활약한 코미디 배우. 대표작으로 시트콤 *I Love Lucy*, *The Lucy Show* 등이 있다.

수업을 받고 있었다.

　나는 기억한다, 존 케네디가 총에 맞은 날을.[9]

　나는 기억한다, 다섯 살 되던 생일에 한쪽 어깨가 드러나는 검은 색 새틴 드레스를 꼭 선물받고 싶어 했던 것을. 그걸 받았다. 그리고 생일 파티에 입고 나갔다.

　나는 기억한다, 최근에 꾼 꿈을. 존 애슈버리[10]가 나와서 내 몬드리안 시기의 그림들이 몬드리안보다도 낫다고 말했다.

　나는 기억한다, 꿈속에서 종종 날 수 있었던 것을. (비행기 없이도.)

　나는 기억한다, 금은보화를 발견하는 여러 번의 꿈을.

　나는 기억한다, 방과 후에 걔네 어머니가 일하는 동안 내가 돌봐 주었던 어린 사내애를. 못된 짓을 했다고 그 아이를 혼내는 것이 얼마나 재미있었는지도 기억난다.

---

9) 미국의 35대 대통령 존 F. 케네디는 1963년 11월 22일 텍사스 주 댈러스에서 암살되었다.
10) John Ashbery(1927~). 미국의 대표적 시인으로 한때 뉴욕 스쿨에 속했다.

나는 기억한다, 내가 한때 자주 꾸던 꿈, 연녹색 풀밭 위에 빨갛고 노랗고 까만 아름다운 뱀이 있는 그 꿈을.

나는 기억한다, 내가 아주 어렸을 때의 세인트루이스를. 버스 터미널 옆의 문신 가게와 미술관 앞의 두 마리 큰 사자도 기억난다.

나는 기억한다, 우리가 조용히 하지 않으면 창문 밖으로 뛰어내리겠다고 노상 을러대던 미국사 선생님을. (2층이었다.)

나는 기억한다, 지하철에서의 첫 성적 경험을. 어떤 녀석이 (겁이 나서 그를 쳐다보지도 못했는데) 발기가 되어서는 내 팔에 대고 그것을 문질러댔다. 나도 몹시 흥분이 되어 내릴 곳에 이르자 서둘러 빠져나와 집으로 돌아왔고, 내 자지를 붓 삼아 유화를 그려보려 했다.

나는 기억한다, 난생 처음 술에 제대로 취했던 때를. 부활절 달걀에 칠하는 물감으로 손과 얼굴을 녹색으로 물들였고, 그날 밤을 팻 패짓[11]의 욕조에서 보냈다. 그때 그녀는 팻 미첼이었다.

나는 기억한다, 또 하나의 초기 성경험을. 뉴욕 현대미술관. 영화

---

11) Patricia Padgett. 브레이너드, 론 패짓과 고향인 털사에서부터 친구로 지냈으며 뉴욕으로 옮겨온 후 론 패짓과 결혼했다.

관에서. 무슨 영화였는지는 기억이 없다. 처음에는 내 무릎으로 다른 이의 무릎이 밀착해 왔다. 그다음에는 내 무릎에 손이 얹혔다. 그러더니 손이 사타구니로 왔다. 다음엔 바지 속으로. 속옷 안으로. 무척 흥분이 되었지만 겁이 나서 그를 쳐다보지 못했다. 그는 영화가 끝나기 전에 자리를 떴고, 그가 바깥의 판화 전시물 옆에서 나를 기다릴지도 모른다는 생각이 들어 한동안 어물거리며 기다려보았으나 관심을 보이는 이가 아무도 없었다.

나는 기억한다, 동(東) 6번가 식육 가공업소 옆의 가겟집에서 살던 때를. 내가 밥을 먹는 모퉁이 식당에서 항상 식사를 하던 아주 뚱뚱한 육가공 일꾼 하나가 집에까지 나를 따라와서는 들어가서 내 그림을 좀 봐도 되겠느냐고 물었다. 일단 안으로 들어오자 그는 곧바로 핏물이 얼룩진 흰 바지의 지퍼를 내리고는 어마어마하게 큰 음경을 내밀었다. 그러곤 내게 한번 만져보라고 했고, 나는 그렇게 했다. 이 모든 게 징그럽기는 했지만 그만큼 흥분도 되었고 그의 감정을 상하게 하고 싶지도 않았다. 그러다가 내가 외출해야 한다고 말했더니 그가 "한번 만나지" 하기에 나는 "싫어요" 했지만, 그가 하도 조르는 통에 결국은 "좋아요" 해버렸다. 그는 아주 뚱뚱하고 못생긴 데다가 진짜로 아주 역겨워서, 만나기로 한 시간이 다가오자 나는 산책이나 하려고 집을 나섰다. 그런데 이게 누군가, 길에서 바로 그 사람과 마주쳤다. 한껏 빼입은 아주 말쑥한 모습이었다. 마음이 바뀌었다고 그에게 말을 해야만 하는 것이 마음에 몹시 걸렸다. 그는 내게 돈을 주겠다고 했지만 나는 거절했다.

나는 기억한다, 우리 부모님의 브리지[12] 선생을. 그녀는 아주 뚱뚱하고 (짧게 친 머리로) 아주 남자 같았으며[13] 줄담배를 피워댔다. 그녀는 자신이 성냥을 지니고 다닐 필요가 없다는 사실에 대해 자부심을 갖고 있었다. 바로 전에 피우던 담배로 새 담배에 불을 붙이곤 했던 것이다. 그녀는 어느 레스토랑 뒤의 작은 집에 살았고 아주 늙을 때까지 살았다.

나는 기억한다, 벽장 안에서 '의사' 놀이 하던 것을.

나는 기억한다, 내 방 하얀 벽에 커다랗고 시커먼 글자로 "나는 테드 베리건[14]을 증오한다"라고 온통 써놓았던 일을.

나는 기억한다, 어느 칠흑 같던 밤 스태튼아일랜드 페리 위에서 느닷없이 격정적 우울함에 사로잡혀 안경을 바다로 벗어던진 일을.

---

12) bridge. 네 사람이 두 패로 나뉘어서 하는 카드놀이의 하나. 'contract bridge'의 준말이다.
13) 이 부분의 원문 단어 'butch'는 '(여자가) 남자 같은'이라는 형용사(명사로는 '남자 같은 여자')지만, 여성 동성애자 사이에서 남자 같은 역할을 하는 여자를 가리키는 말로도 쓰인다.
14) Ted Berrigan(1934~83). 미국 시인. 털사 대학에서 공부하는 동안 브레이너드, 패짓과 교유하게 되고, 같이 뉴욕 스쿨에서 활동한다.

나는 기억한다, 한번은 일부러 얼굴에 손톱자국을 내고는 사람들이 무슨 일이냐고 물으면 고양이가 그랬다고 대답하려 했던 것을. 물론 다들 고양이가 그러지 않았다는 걸 알았겠지만.

나는 기억한다, 오하이오 주 데이턴의 내 방 리놀륨 장판 바닥을. 어두운 붉은색 바탕에 부숭부숭한 흰 꽃 무늬였다.

나는 기억한다, 색드레스[15]를.

나는 기억한다, 내가 디자인한 인어 라인의 드레스가 「케이티 킨」[16] 만화에 실렸던 때를.

나는 기억한다, 박스 슈트[17]를.

나는 기억한다, 필박스 해트[18]를.

---

15) sack dress. 몸의 선에 맞추지 않고 부대 자루같이 넓게 만든 여성용 옷으로, 1950년대에 유행했다.
16) *Katy Keene*. 만화 잡지 *Wilbur Comics* 1945년 여름호에 처음 소개된 「케이티 킨」은 배우이며 가수이자 모델인 여주인공을 내세워 십여 년간 인기가 높았으며, 1980년대와 2000년대에 리바이벌되기도 했다. 독자들에게서 케이티와 친구들을 위한 의상을 공모하여 당선작은 만화를 통해 발표하는 홍보성 콘테스트로 더욱 관심을 끌었다.
17) box suit. 주로 여성의 옷에서, 허리가 들어가지 않아 상자 같은 느낌을 주는 슈트.
18) pillbox hat. 원통형의 약통(필박스)처럼 생긴, 챙이 없고 납작한 여성용 모자.

나는 기억한다, 둥근 카드를.

나는 기억한다, 스쿼 드레스[19]를.

나는 기억한다, 물고기가 그려진 크고 널찍한 넥타이를.

나는 기억한다, 최초의 볼펜들을. 중간중간 잉크가 끊기기도 했고, 촉 끝에 쌓인 볼펜 똥이 묻어나기도 했다.

나는 기억한다, 레인보 패드[20]를.

나는 기억한다, 할리우드에 살던 클리오라 고모를. 그녀는 해마다 크리스마스가 되면 형과 나에게 책 한 권을 공동 선물로 보내주었다.

나는 기억한다, 프랭크 오하라[21]가 죽던 날을. 나는 특별히 그에

---

19) squaw dress. '스쿼'는 북아메리카 원주민 여자를 이르는 말. 스쿼 드레스란 주름을 많이 잡은 천을 층층이 이어 치마를 만들고 인디언풍의 무늬를 넣은, 남서부의 지방색이 강한 옷이다.
20) rainbow pad. 무지개처럼 여러 색깔의 잉크를(대개 5색) 나란히 넣어 만든 스탬프 패드.
21) Frank O'Hara(1926~66). 뉴욕 스쿨의 주도적 인물 중 하나였던 시인·비평가. 뉴욕 현대미술관의 큐레이터로 지내면서 예술계와 사교계에서 상당한 비중을 차지했다.

게 바치는 그림을 어떻게든 그려보려 했다. (특별히 근사한 것으로.)
정작 그려진 그림은 끔찍했다.

나는 기억한다, 커내스터[22]를.

나는 기억한다, 「유리창 안의 그 강아지 얼마인가요?」[23]를.

나는 기억한다, 버터와 설탕을 바른 샌드위치를.

나는 기억한다, 팻 분과 「모래 위의 연애편지」[24]를.

나는 기억한다, 테리사 브루어와 "스쳐 가는 사랑은 원치 않아"[25]를.

나는 기억한다, 「테네시 왈츠」[26]를.

---

22) canasta. 두 벌의 패를 가지고 하는 카드놀이.
23) "How Much Is That Doggie in the Window?" 1953년 가수 페티 페이지가 발표해 큰 인기를 얻었던 노래의 제목이자 반복되는 구절. 이 노래는 빌보드 차트에서 8주 연속 1위를 했고, 싱글 음반이 200만 장 넘게 팔렸다.
24) Pat Boone(1934~). 1950~60년대에 인기 높았던 가수로, "Love Letters in the Sand"(1957)는 그의 대표곡 중 하나다.
25) Teresa Brewer(1931~2007). 1950년대에 컨트리, 재즈, R&B 등 여러 장르에 걸쳐 거의 600곡이나 발표했던 가수. 본문에서 인용된 말은 "Ricochet Romance"(1953)의 가사 한 구절이다.
26) "The Tennessee Waltz". 1950년 패티 페이지가 불러 크게 히트한 컨트리풍의 사

나는 기억한다, 「16톤」[27]을.

나는 기억한다, 「그 물건」[28]을.

나는 기억한다, 「히트 퍼레이드」[29]를.

나는 기억한다, 도로시 콜린스[30]를.

나는 기억한다, 도로시 콜린스의 치아를.

나는 기억한다, 골동품상 겸 중고품 가게에서 일하면서 뭐든지 정

랑 노래다.

27) "Sixteen Tons". 광부의 고달픈 삶을 그린 노래. 1955년 테네시 어니 포드 (Tennessee Ernie Ford, 1919~91)가 부른 버전이 가장 널리 알려졌다.

28) "The Thing". 가수 필 해리스(Phil Harris, 1904~95)의 1950년도 노래. 바닷가에서 발견한 큼직한 나무상자 속에 든 어떤 것 때문에 죽을 때까지, 심지어는 하늘나라에 가서도 곤욕을 치르는 사람의 이야기를 일인칭 시점의 코믹한 가사(곡은 영국의 포크송)에 담아 인기를 끌었고, 레이 찰스 등 많은 가수가 리메이크했다. 그 물건이 무엇인지 듣는 사람들은 모르도록 노래가 짜여 있는 게 특징이다.

29) 정확한 이름은 *Your Hit Parade*. 토요일 저녁에 지난 한 주간 가장 인기 있었던 곡들을 선정해 들려주던 방송 프로그램(1935~59). 20년간은 라디오로, 후기엔 TV로도 방송됐다.

30) Dorothy Collins(1926~94). 캐나다 출신의 가수로 1950년 「히트 퍼레이드」의 공식 가수가 되면서 명성을 얻었다. 콜린스는 이 프로그램의 스폰서인 러키스트라이크 담배의 광고에도 출연했는데, 다음 항목에서 브레이너드가 그녀의 치아를 기억한 것은 그 광고들에 그녀가 이를 드러내며 웃는 모습이 나오기 때문인 듯하다.

해진 것보다 싼 가격으로 팔아치웠던 것을.

나는 기억한다, 보스턴에서 살면서 도스토옙스키의 모든 소설을 쉬지 않고 연달아 읽던 시절을.

나는 기억한다, 미술관들이 모두 모여 있는 (보스턴의) 거리에서 벌어지던 구걸 행위를.

나는 기억한다, 보스턴 미술관 앞에 놓인 단지들에서 담배꽁초를 주워 모으던 일을.

나는 기억한다, 보스턴 공공도서관에서 내가 읽는 모든 책의 48쪽을 찢어낸다는 계획을 세웠다가 곧 흥미를 잃었던 것을.

나는 기억한다, 빅포드[31] 식당을.

나는 기억한다, 메릴린 먼로가 죽던 날을.[32]

나는 기억한다, 프랭크 오하라를 처음 만났을 때를. 그는 2번가를

---

31) Bickford's. 1920년대부터 다양한 외식업체를 운영해온 레스토랑 체인.
32) 1962년 8월 5일이다.

따라 걷고 있었다. 이른 봄의 선선한 저녁이었지만 그는 소매를 팔꿈치까지 걷어 올린 흰 셔츠 차림이었다. 거기에 청바지를 입고, 모카신을 신고 있었다. 그의 그런 모습이 내게는 여자 같아 보였던 것도 기억한다. 아주 연극적이었고, 퇴폐적이었다. 보는 순간 그가 마음에 들었던 것이 기억난다.

나는 기억한다, 빨간색 짧은 외투를.

나는 기억한다, 빨간색 짧은 외투를 입고 에드윈 덴비[33]와 함께 발레를 보러 갔던 것을.

나는 기억한다, 프랭크 오하라와 더 친해지려고 브리지 하는 법을 배우던 일을.

나는 기억한다, 프랭크 오하라와 브리지를 했던 것을. (주로 얘기를 나눴지만.)

나는 기억한다, 초등학교 시절의 미술 선생 미시즈 칙을. 그녀는 어느 날 한 남자애한테 너무나 화가 나서 그 애 머리 위로 물 한 동이를 들이부었다.

---

33) Edwin Denby(1903~83). 뉴욕을 중심으로 활동한 무용 평론가이자 작가.

나는 기억한다, 내가 수집하던 도자기 원숭이들을.

나는 기억한다, 우리 형이 수집하던 도자기 말들을.

나는 기억한다, 내가 '디몰레이'[34]의 일원이던 때를. 그때의 비밀 악수법을 잊지 않았다면 시범을 보일 수도 있으련만.

나는 기억한다, 의사를 못 미더워하시던 우리 할아버지를. 할아버지는 종양이 있었기에 일을 하지 않았다. 하루 종일 크리비지[35]를 했다. 그리고 시를 썼다. 할아버지의 발톱은 아주 길고 보기 흉했다. 나는 가능하면 그의 발을 보지 않으려고 애썼다.

나는 기억한다, 동네 괴짜이자 소문난 퀴어였던 말리를. 그의 머리는 아주 작아서 몸 위로 솟은 사마귀 같았다. 그와 알고 지내는 사람은 아무도 없었지만, 그가 어떤 사람인지는 모두가 알고 있었다. 그는 늘 "주위에 있었던" 것이다.

나는 기억한다, 간을.

---

34) Demolay. 정식 명칭은 'Demolay International'로, 1919년 미국에서 창립된 청소년 단체다. 12세에서 21세 사이의 남자들을 회원으로 받으며 캐나다, 오스트레일리아 등지에 지부가 있다. 템플기사단(성전기사단)의 마지막 단장인 자크 드 몰레에게서 단체 이름을 따왔다. 청소년판 프리메이슨을 의도했다고 할 만하다.
35) cribbage. 카드놀이의 한 종류.

나는 기억한다, 베티나 비어를. (여자애다.) 우리는 댄스파티에 함께 가곤 했다. 당시의 나로선 꿈에도 생각지 못할 일이었지만, 그 애는 레즈비언이었음이 틀림없다. 그 애는 욕을 입에 달고 살았다. 술도 마시고 담배도 피웠는데, 걔네 엄마도 허락한 터였다. 아버지는 없었다. 파란색으로 진한 눈화장을 했고 팔에는 하얀 반점이 있었다.

나는 기억한다, 털사에서 어느 날 다운타운으로 가는 버스를 탔을 때, 학교에서 오다가다 마주치는 한 남자애가 내 옆자리에 앉아서 "너 여자애들 좋아하냐?" 같은 질문을 던지기 시작했던 것을. 밥맛없는 녀석이었다. (가게들이 모두 모여 있는) 다운타운에 도착해서도 내 주변을 맴돌더니 결국은 자기랑 같이 은행에 가자고 나를 설득했다. 은행의 대여금고에 뭔가를 넣어두었다는 거였다. 대여금고가 뭔지도 몰랐던 기억이 난다. 은행에 들어가자 행원 한 사람이 그에게 상자 하나를 내어주며 황금빛 커튼이 달린 개인 부스로 우리를 안내했다. 그 애가 상자를 열고 권총을 꺼냈다. 그걸 내게 보여주기에 애써 감탄하는 척했다. 그러자 그는 총을 다시 상자에 넣고는 나에게 바지 지퍼를 내릴 생각이 없느냐고 물었다. 나는 싫다고 했다. 무릎이 후들거렸던 기억이 난다. 은행을 나선 뒤 내가 (털사에서 제일 큰 백화점인) 브라운-덩킨스에 가야 한다고 하자, 그가 자기도 거기 볼일이 있다고 했다, 화장실에 가야 한다며. 남자 화장실에서 그 애가 뭔가 다른 짓을 하려 들기에 (정확히 무엇인지는 잊어버렸다) 나는 문을 박차고 나왔고 그것으로 끝이었다. 열한두 살짜리 아이가 대여금고를 갖고 있다니 참 이상하지 않은가. 그 안의 총도 그렇고. 그에게는 "헤프다"고 소문난 누나가 있었다.

나는 기억한다, 리버라치[36]를.

나는 기억한다, 장식 술이 달린 '리버라치 로퍼'[37]를.

나는 기억한다, 속이 훤히 보이는 밝은 색깔의 나일론 시어서커[38] 셔츠를.

나는 기억한다, 수많았던 개학 첫날들을. 그리고 그 텅 빈 느낌도.

나는 기억한다, 세 시에서 세 시 반 사이의 벽시계를.

나는 기억한다, 여자애들이 카디건의 앞뒤를 돌려 입었던 때를.

---

36) Liberace(1919~87). 미국의 피아니스트이자 가수. 1930년대 후반부터 반세기 동안 활동했고, 1950~70년대에 큰 인기를 누렸다. '미스터 쇼맨십'이라는 별명이 말해주듯이 무대 안팎에서 보여준 화려하고 과시적인 모습, 특히 요란한 옷차림으로 유명했다. 1987년 에이즈와 관련된 질병으로 사망했다.
37) loafer. 끈을 메지 않고 편하게 신을 수 있는 납작한 구두.
38) seersucker. 줄무늬 모양의 오글오글한 주름이 있는 천. 주름 덕분에 피부에 닿는 면적이 작아 여름옷을 만드는 데에 주로 쓰인다.

나는 기억한다, 여자애들이 캉캉 속치마를 여러 벌씩 입던 시절을. 정도가 너무 심해지자 (소리가 너무 요란했다) 교장 선생님이 나서서 몇 벌까지 입어도 되는지 한도를 정해주었다. 세 벌이 한도였던 것 같다.

나는 기억한다, 작은 진주 한 알이 매달린 가느다란 금목걸이들을.

나는 기억한다, 작은 유리구슬 안에 겨자씨가 들어 있는 겨자씨 목걸이들을.

나는 기억한다, 말총머리를.

나는 기억한다, 껄렁한 친구들이 어찌나 청바지를 내려 입는지 이번에도 교장 선생님이 나서서 한도를 정해주어야 했던 때를. 배꼽 아래로 7.5센티미터까지였던 것 같다.

나는 기억한다, 깃을 세워 입던 셔츠들을.

나는 기억한다, 페리 코모[39] 셔츠를. 페리 코모 스웨터도.

나는 기억한다, 덕테일[40] 머리를.

---

39) Perry Como(1912~2001). 반듯한 이미지와 부드러운 노래로 오랫동안 사랑받은 가수다.
40) ducktail. 양쪽 옆머리를 가지런히 뒤로 빗어 넘겨 뒤통수의 가운데 부분에서 만

나는 기억한다, 체로키 머리 모양[41]을.

나는 기억한다, 허리띠를 매지 않았던 것을.

나는 기억한다, 닭튀김이나 쇠고기찜을 먹던 수많은 일요일 오후 식사를.

나는 기억한다, 나의 첫 번째 유화를. 멀리 작은 이탈리아 마을이 보이는 연두색 풀밭을 그린 것이었다.

나는 기억한다, 치어리더가 되겠다고 나섰다가 실패했던 때를.

나는 기억한다, 매번 돌아오던 9월을.

나는 기억한다, 체육 시간에 내 이름이 불렸는데도 "예"라고 대답하지 못했던 어느 날을. 심하게 말을 더듬었던 나는 때로 말문이 딱 막혀버리는 경우도 있었던 것이다. 운동장을 몇 바퀴나 돌아야 했다.

나는 기억한다, 뉴욕 시의 한 옥상에서 나를 유혹하려 했던 말상

ㄴ도록 손질하는 머리 모양. 오리 꼬리를 닮았다고 해서 이런 이름이 붙었다.
41) 아메리카 원주민 체로키(Cherokee)족처럼 양쪽 옆머리를 바짝 밀고 가운데 머리만 한 줄 말갈기처럼 남기는 머리 모양.

의 여자를. 발기는 되었지만 더 이상은 도저히 내키지 않아서 그녀에게 머리가 아프다고 했다.

나는 기억한다, 아주 꼭 끼는 빛바랜 청바지를 입고 있던 어느 미식축구 선수와, 그 바지 안을 팽팽히 채웠던 그의 몸을.

나는 기억한다, 징집을 받아 신체검사 받으러 시내까지 나갔던 때를. 이른 아침이었다. 조반으로 먹은 달걀이 뱃속에 그대로 남아 있는 느낌이었다. 출석 점호 후에 어떤 남자가 나를 쳐다보더니 대부분의 장정이 서 있는 줄과는 다른 줄에 가 있으라고 지시했다. (나는 머리를 길게 기르고 있었는데, 지금과 달리 그때는 그게 꽤 특이한 모습이었다.) 내가 합류한 줄은 나중에 보니 정신과 의사와 면담해야 하는 줄이었다. (안 그래도 정신과 의사를 보게 해달라고 내가 요청할 참이었다.) 의사가 내게 퀴어냐고 물었고 나는 그렇다고 했다. 그러곤 이제까지 어떤 동성애 경험을 해보았느냐고 묻기에 나는 전혀 없다고 대답했다. (사실이었다.) 그는 내 말을 믿어주었다. 옷을 벗을 필요조차 없었다.

나는 기억한다, 나에게 음담패설을 얘기해줬던 사내애를. 섹스라는 게 대체 무엇인지에 대한 최초의 실마리를 거기서 얻었다.

나는 기억한다, 아버지가 잘 자라는 인사를 하면서 "손을 이불 밖

26

으로 내놓고 자거라"라고 말씀하시곤 하던 것을. 그래도 아버지의
말투는 상냥했다.

나는 기억한다, 뭐든 나쁜 짓을 하면 경찰이 나를 감옥에 집어넣
을 거라고 생각하던 시절을.

나는 기억한다, 해변에서 프랭크 오하라와 단둘이 보낸 아주 춥고
깜깜했던 어느 밤을. 그가 발가벗고 바다로 뛰어드는 바람에 겁이
나서 죽을 뻔했다.

나는 기억한다, 번갯불을.

나는 기억한다, 이탈리아의 야생 개양귀비들을.

나는 기억한다, 세 달에 한 번씩 2번가에서 피를 팔던 일을.

나는 기억한다, 나와 한 번 사랑을 나눴던 남자애를. 다 끝나고 난
후 그 애는 내게 하느님의 존재를 믿느냐고 물었다.

나는 기억한다, 오래된 것은 무엇이든 값지다고 생각하던 때를.

나는 기억한다, 「블랙 뷰티」[42]를.

나는 기억한다, 베티 그레이블[43]이 아름답다고 생각하던 때를.

나는 기억한다, 나 자신이 위대한 화가라고 생각하던 때를.

나는 기억한다, 돈 많고 유명한 사람이 되고 싶어 하던 시절을. (지금도 그렇다!)

나는 기억한다, 세상을 뜬 노인의 아파트를 치우는 일을 맡았던 것을. 그가 남긴 물건들 중에서 벌거벗은 어린 사내아이를 찍은 아주 낡은 사진이 나왔다. 그 사진은 남아용 속옷에 핀으로 고정되어 있었다. 여러 해 동안 그는 교회 성가대의 지휘자였다. 가족도 친척도 없었다.

나는 기억한다, 방과 후 장의사에서 일하던 한 남자애를. 그 아이는 탭댄스를 아주 잘 췄다. 그가 어느 날 자기 집에 와서 자고 가라

---

42) *Black Beauty*. 영국 작가 애나 슈얼(Anna Sewell, 1820~78)의 1877년 작 동명 소설을 바탕으로 1946년 제작된 영화. 여주인공이 '블랙 뷰티'라는 이름의 말과 교감하며 만들어가는 드라마가 주된 내용이다.
43) Betty Grable(1916~73). 배우 겸 가수로 1940~50년대의 '섹스 심벌' 중 하나. 브로드웨이 뮤지컬에서 시작해 할리우드 영화로 진출, 「백만장자와 결혼하는 법」 등 많은 흥행작에 출연했다.

고 나를 초대했다. 이혼녀인 그의 어머니는 생김새가 어딘지 모르게 싸구려 티가 나는 금발이었다. 마당에서 별생각 없이 레슬링을 하고 놀던 우리를 본 그의 어머니가 불같이 화를 낸 것이 기억난다. 그녀는 자기 아들에게 다시는 그런 짓을 하지 말라고 했다. 뭔가 내가 모르는 일이 있다는 생각이 들었다. 우리는 열한두 살이었다. 그 이후로 다시는 초대받은 적이 없었다. 몇 년 후 고등학교 시절, 그가 다른 소년에게 쓴 연애편지가 발각되는 바람에 큰 물의가 일었다. 그 뒤 그는 학교를 떠났고 정식으로 장의사에서 일했다. 어느 날 길거리에서 우연히 마주쳤을 때 그는 장의사에서 일하는 사람들이 다 함께 잠을 자는, 침대가 많은 커다란 방에 대해 얘기하기 시작했다. 아침이면 침대마다 하얀색의 작은 텐트가 선다고 했다. 나는 핑계를 대고 그와 헤어졌다. 몇 시간이 흐르고 나서야 나는 그가 한 말이 무슨 뜻인지를 알아차릴 수 있었다. 이른 아침의 발기 얘기였던 것이다.

나는 기억한다, 스낵바에서 일하던 때를. 밀크셰이크를 주문하는 사람들이 얼마나 미웠는지도.

나는 기억한다, 백화점에서 신문광고용 패션드로잉 일을 하던 때를.

나는 기억한다, 프랭크 오하라의 걸음걸이를. 경쾌하고 활달했다. 약간은 들썩이는 듯, 약간은 몸을 꼬는 듯. 근사한 걸음걸이였다. 자신감 넘치는. "난 신경 안 써"라거나 때로는 "네가 보고 있는 걸 알아"라고 말하는 듯.

나는 기억한다, 앨리스 에스티[44]가 연 네 번의 콘서트를.

나는 기억한다, 학교 연극에서 산타클로스 역할을 했던 일을.

나는 기억한다, 팔에 아주 작은 십자가 문신을 새겨 넣은 베벌리를.

나는 기억한다, 초등학교 시절의 사서 선생님, 미스 피바디를.

나는 기억한다, 초등학교 시절의 과학 선생님, 미스 플라이를.

나는 기억한다, 누나의 블라우스를 입고 학교에 와야 했던 아주 가난한 남자애를.

나는 기억한다, 부활절 양복을.

나는 기억한다, 태피터 천[45]을. 그 사각거리던 소리도.

---

44) Alice Swanson Esty(1904~2000) 연극배우이자 소프라노 가수로 파리와 뉴욕을 오가며 다양한 분야의 예술가들, 특히 프랑시스 풀랑크, 다리우스 미요, 버질 톰슨을 포함한 많은 작곡가들과 교유하면서 그들을 후원했다.
45) taffeta. 레이온이나 건 섬유 등을 소재로 한 매끄러우면서도 약간 뻣뻣한 옷감. 호

나는 기억한다, 내가 수집하던 노바스코샤[46] 팸플릿과 여행 정보를.

나는 기억한다, 내가 수집하던 "마디스죠. 왜냐하면…"[47]이라는 잡지 광고를.

나는 기억한다, 아버지가 수집하던 화살촉들을.

나는 기억한다, 우리가 한때 타던 1949년형 빨간색 포드 컨버터블을.

나는 기억한다, 노먼 빈센트 필이 쓴 『긍정적 사고의 힘』[48]을.

나는 기억한다, '네 시 꽃'[49]을. (네 시에 꽃잎을 오므린다.)

박단이라고도 하며 주로 여자들의 드레스나 블라우스 등을 만드는 데에 쓰인다.

46) Nova Scotia. 캐나다 동부 대서양 연안에 자리한 주. 라틴어로 '새 스코틀랜드'라는 뜻인 이름 그대로 스코틀랜드의 문화적 영향이 강하게 남아 있는 곳이다. 소설 『빨강 머리 앤』의 주요 배경이기도 하다.

47) "Modess because…". 마디스 생리대의 광고 문구. 말줄임표가 보여주듯이 상품에 대한 구체적 언급은 않으면서 우아하고 고상한 드레스 차림의 여성들을 보여주는 이미지 광고가 많았다.

48) The Power of Positive Thinking(1952). 보수 성향의 목사이자 저술가인 노먼 빈센트 필(Norman Vincent Peale, 1898~1993)의 대표 저서. 종교적 관점에서 심리 문제에 접근하면서 긍정적, 낙천적이고 적극적인 사고방식을 고취하는 필의 저서들은 오랫동안 여러 나라에서 처세술의 교과서처럼 읽혔으나, 심리학자와 정신의학자들은 그의 이론에 매우 비판적이다.

49) four o'clock (flower). 분꽃의 별칭. 오후 늦게 꽃잎이 열리기 때문에 이런 이름이

나는 기억한다, 어머니와 아버지가 실제로 성행위 하는 모습을 상상해보려 했던 일을.

나는 기억한다, (등을 돌린) 누드모델을 바라보며 그림을 그리는 화가의 캔버스에 파커하우스 롤빵[50] 하나만이 그려져 있는 만화를.

나는 기억한다, 농사를 지으며 살던 할아버지가 옥수수빵을 버터밀크에 적셔 드시던 모습을. 말수가 적은 분이셨다.

나는 기억한다, 옥외 변소와 뒤를 닦는 데 쓰던 시어스 앤드 로벅[51] 카탈로그를.

나는 기억한다, 동물 냄새와 아침에 얼굴에 닿던 아주 차가운 물을.

나는 기억한다, 옥수수빵이 얼마나 묵직했던가를.

나는 기억한다, 주름 종이로 만든 장미를. 오래된 달력들을. 그리

붙었다. 저자는 꽃이 열리는 때를 닫히는 때로 잘못 설명하고 있다.

50) Parker House roll. 납작한 타원형 반죽을 반으로 접어 구운 반달 모양의 빵. 1870년대 보스턴의 파커하우스 호텔에서 처음 만들어졌다고 해서 이렇게 불린다.

51) Sears and Roebuck. 리처드 시어스와 앨바 로벅이 1886년 함께 창업한 백화점 체인. 카탈로그를 통해 우편 판매를 하는 방법으로 사업을 시작해서 1925년 첫 매장을 차렸고, 지금은 미국 5대 백화점 중 하나다.

고 쇠똥을.

나는 기억한다, 초등학교 시절 혹시라도 내가 밸런타인 카드를 준비하지 않은 아이가 나에게 카드를 줄까 봐 같은 반 모든 아이에게 밸런타인 카드를 주었던 일을.

나는 기억한다, 어두운 녹색 벽이 유행하던 때를.

나는 기억한다, 차를 몰고 오자크 지방[52]을 지나던 일과 우리가 들르지 않고 지나친 그 모든 기념품 가게들을.

나는 기억한다, 학교 생활지도 어머니들을.

나는 기억한다, 안전 요원이 되어 하얀 띠를 둘렀던 일을.

나는 기억한다, 『새터데이 이브닝 포스트』[53]에 실렸던 「헤이즐」[54]을.

---

52) Ozarks. 오자크 산맥을 중심으로 한 미국 중부의 산악 지역. 주로 미주리와 아칸소 주에, 일부는 오클라호마 주, 캔자스 주에도 걸쳐 있다.
53) The Saturday Evening Post. 1821년 격월간지로 창간했고, 1897년부터 1963년까지는 주간지로 발행했다. 픽션과 논픽션을 망라하는 다양한 읽을거리를 실어 1920~60년대에는 미국 중산층에서 가장 널리 읽히는 잡지 중 하나였다. 지금은 격월간지다.
54) Hazel. 만화가 테드 키가 1943년부터 그려서 크게 히트한 한 컷짜리 만화로, 한

나는 기억한다, 도장부스럼을. 그리고 이름표들을.

나는 기억한다, 언제나 장갑 한 쪽을 잃어버리던 것을.

나는 기억한다, 동전이 꽂혀 있던 로퍼들을. [55]

나는 기억한다, 닥터 페퍼를. 그리고 로열크라운 콜라를.

나는 기억한다, 작은 발과 작은 머리와 작은 꼬리가 달린 그 갈색의 모피 목도리들을.

나는 기억한다, '스와브'[56] 헤어크림을.

나는 기억한다, 실내화와 체크무늬 플란넬 목욕 가운, 그리고 꼬마 유령 '캐스퍼'[57]를.

중산층 집안의 가정부이자 보모인 헤이즐이 주인공이다. 1960년대에 TV 드라마로 만들어지기도 했다.

55) 로퍼 구두 중 발등 부위에 가죽 띠를 두르고 띠 가운데에 좁고 기다랗게 틈을 벌려놓은 형태의 것이 있는데, 여기에 한두 개의 동전을 꽂는 사람들이 종종 있었다. 그 기원에 대해서는 설이 여러 가지여서, 1950년대에 사립 중고교생들이 멋으로 시작했다는 주장, 30년대에 비상시의 공중전화용이었다는 주장 등이 있다. 실제로 동전을 꽂진 않더라도 그런 형태의 로퍼를 '페니 로퍼'라고 한다.

56) Suave. 유니레버 사에서 생산하는 샴푸, 로션 등의 브랜드 이름.

57) Casper. 1930년대에 만들어진 만화 주인공. 유령 사회의 부적응자인 착하고 귀여

나는 기억한다, 구슬 끼우기 장난감을.

나는 기억한다, "원래 모습대로 오기"[58] 파티를. 모두들 사기를 쳤다.

나는 기억한다, 지하실에 있던 게임룸들을.

나는 기억한다, 우유배달부를. 우편배달부를. 손님용 타월을. "어서 오세요"라는 글귀가 있는 현관 매트를. 그리고 에이번[59] 방문 판매원들을.

나는 기억한다, 유목(流木)으로 만든 램프를.

나는 기억한다, 스테이크 조각을 삼키다가 목이 막혀 죽은 여자에 관해 언젠가 읽었던 것을.

나는 기억한다, 유리섬유가 모든 문제의 해결책으로 각광받던 시

운 꼬마 유령으로, *Casper the Friendly Ghost* 시리즈는 만화책, 만화영화, TV물 등 다양한 형태로 제작되어 큰 인기를 누렸다.
58) "come-as-you-are". 본디는 초대를 받은 순간의 복장과 모습 그대로 오라는 것이나, 특별히 정장을 하거나 꾸밀 필요가 없다는 정도의 의미로도 쓰인다.
59) Avon. 화장품을 비롯한 다양한 생활용품을 만들어 파는 다국적기업(정식 명칭은 Avon Products). 1886년 설립되어 소비자에게 제품을 직접 판매하는 방식으로 성장했다. 방문 판매원 중 여성들은 'Avon Lady'라 불렸다.

절을.

나는 기억한다, 레스토랑 식탁 밑면을 손으로 문지르다가 거기에 덕지덕지 붙어 있는 껌들이 손에 닿았던 것을.

나는 기억한다, 코딱지를 파내 뒷면에 붙여놓던 의자를.

나는 기억한다, 퍼그와 조지, 그리고 아주 아름다웠으나 암으로 죽은 그들의 외동딸 노마 진을.

나는 기억한다, 짐과 루시를. 짐은 보험 판매원, 루시는 학교 선생이었다. 그들은 마주칠 때마다 우리에게 보험을 광고하는 지갑용 플라스틱 달력을 한 움큼씩 주곤 했다.

나는 기억한다, 토요일 밤의 목욕과 일요일 아침 신문의 만화를.

나는 기억한다, 여름날 먹던 베이컨, 양상추, 토마토를 넣은 샌드위치와 아이스티를.

나는 기억한다, 감자 샐러드를.

나는 기억한다, 소금을 친 수박을.

나는 기억한다, 파스텔 색상의 망사 천으로 만든 어깨끈 없고 발목까지 내려오는 야회복을. 짤막한 작은 재킷에 다는 카네이션 코르사주도.

나는 기억한다, 크리스마스 캐럴들을. 그리고 주차장을.

나는 기억한다, 이층 침대를.

나는 기억한다, 자선 바자회를. 아이스크림 파티를. 화이트 그레이비소스를. 그리고 하펄롱 캐시디[60]를.

나는 기억한다, 유리잔에 '입히던' 손뜨개 커버를.

나는 기억한다, 울퉁불퉁한 표면 위에서도 수평을 유지하던 빈백[61] 재떨이를.

나는 기억한다, 에인절피시 무늬가 있는 샤워 커튼을.

---

60) Hopalong Cassidy. 미국 작가 클래런스 멀퍼드(Clarence Mulford, 1883~1956)의 소설에 나오는 카우보이. 소설에서는 거칠고 무례한 이미지였으나 1935년 그의 이야기들이 영화화되면서 모범적인 영웅으로 변신했다.
61) bean bag. 다양한 재질과 모양, 크기의 자루 안에 말린 콩이나 작은 PVC 조각들, 스티로폼, 발포 폴리프로필렌 따위를 채운 것. 가구(특히 의자), 놀이 기구 등 쓰이는 곳이 많다.

나는 기억한다, 철 지난 크리스마스카드를 담아놓던 휴지통을.

나는 기억한다, 리크랙[62] 귀걸이들을.

나는 기억한다, 독일의 술 마시는 장면이 새겨진 커다란 놋쇠 벽걸이를. (이탈리아에서 만든 것.)

나는 기억한다, 탭 헌터[63]의 그 유명한 파자마 파티를.

나는 기억한다, 흑인 유모 모양의 쿠키 단지를. 토마토 수프를. 밀랍 과일을. 그리고 깡통따개들을.

나는 기억한다, 목이 아주 긴 장갑을.

나는 기억한다, 벽에 걸어 놓은 바이올린 모양의 보라색 병을. 그 속에서 아이비가 자라 늘어져 있었다.

---

62) rick-rack(또는 rickrack). 지그재그 모양의 납작하고 좁은 끈 또는 리본 테이프. 예전에 옷 가장자리 장식용으로 많이 쓰였다.
63) Tab Hunter(1931~). 1950년대 할리우드의 청춘스타였던 배우이자 가수. 1955년 동성애자로 보이는 남자들과 함께 파자마 파티(집에 모여 밤새워 노는 모임)를 하다가 경찰에 체포된 사건이 있은 뒤 게이라는 소문이 나돌았으며, 2006년에 낸 자서전에서 커밍아웃을 했다.

나는 기억한다, 내가 아주 어렸을 적 나이가 아주 많던 사람들을. 그들의 집에선 야릇한 냄새가 났다.

나는 기억한다, 핼러윈 날 뭐라도 받아내려면 그 앞에서 춤을 추든 노래를 부르든 무언가 재롱을 떨어야 했던 어떤 늙은 부인을.

나는 기억한다, 분필을.

나는 기억한다, 녹색 칠판이 새로운 것이던 때를.

나는 기억한다, 연극 배경으로 쓰기 위해 벽돌담을 그렸던 일을. 붉은색 벽돌 하나하나를 손으로 칠해 넣었다. 나중에 생각하기를, 그냥 전체를 붉은 색으로 칠하고 흰 줄을 그려 넣으면 되었을 텐데 했다.

나는 기억한다, 반 고흐를 좋아하려고 얼마나 애썼는지를. 그러다 마침내 얼마나 그를 진정으로 좋아하게 되었는지를. 그리고 이제는 그가 얼마나 지겨운지도.

나는 기억한다, 한 남자아이를. 어느 가게에서 일하는 애였다. 내겐 필요도 없는 이런저런 것들을 그에게서 사느라 한 재산을 쏟아부었다. 그러던 어느 날, 그가 더 이상 나오지 않았다.

나는 기억한다, 고모를 얼마나 안쓰러워했던가를. 나는 고모가 항상 금방이라도 울음을 터뜨릴 것 같다고 생각했다. 사실은 그냥 건초열 때문이었는데.

나는 기억한다, 선명히 떠올릴 수 있는 최초의 발기를. 공공 풀장 옆에서였다. 타월을 깔고 누워 햇볕을 쬐고 있던 참이었다. 몸을 돌리는 수밖에 다른 방법이 없어서 몸을 틀어 엎드렸다. 그러나 발기가 가라앉질 않았다. 그 때문에 햇볕에 타 심각한 화상을 입었다. 어찌나 심했는지 병원에 가야 했다. 셔츠를 입으면 얼마나 쓰라렸는지 기억난다.

나는 기억한다, 「세상은 돌고」[64]에 나오는 오르간 연주곡을.

나는 기억한다, 두툼한 분홍색 고무 밑창을 댄 하얀색 벅 슈즈를.[65]

나는 기억한다, 온통 한 가지 색으로 통일된 거실들을.

나는 기억한다, 비몽사몽간의 여름 낮잠을. 그리고 쿨에이드를.

---

64) *As the World Turns.* 미국 CBS에서 1956년부터 2010년까지 방송한 최장수 TV 드라마.
65) buck shoes. 사슴, 염소, 양이나 새끼소 따위의 가죽으로 만든 구두. 대개 밝은 색상이며 앞부분이 둥글다. 우리가 보통 스웨이드(새미)나 벅스킨 구두라고 부르던 것으로, 20세기 중반에 한창 유행했다. ('buck'은 'buckskin'을 가리킨다.)

나는 기억한다, 반 고흐가 동생 테오에게 보낸 편지를 읽던 일을.

나는 기억한다, 내가 죽으면 모두들 얼마나 슬퍼할까 몽상해보던 일을.

나는 기억한다, 자살과 그때 남길 편지에 대해 몽상하던 일을.

나는 기억한다, 무용가가 되어 인간으로서 가능하리라고는 누구도 생각지 못할 높이까지 도약하는 몽상을 하던 것을.

나는 기억한다, 가수가 되어 아무런 장치도 없는 큰 무대에 오직 스포트라이트 하나만 받으며 홀로 서서 피를 토하는 열창으로 청중들을 사랑과 감동의 눈물바다에 빠트리는 몽상을 하던 일을.

나는 기억한다, 차를 몰고 달리면서 머릿속으로 풍경화를 그리던 것을. (지금도 그런다.)

나는 기억한다, 집 주위를 두르고 있던 참나리 꽃밭을. 그 사이에서 10센트짜리 동전을 찾은 적도 있었다.

나는 기억한다, 현관 앞 포치에서 잃어버리고 다시는 찾지 못한 아주 작은 인형을.

나는 기억한다, 카우보이모자와 사진기를 들고 조랑말을 끌며 돌아다니던 남자를. 돈을 주면 카우보이모자를 쓰고 조랑말을 탄 사진을 찍어주었다.

나는 기억한다, 아이스크림 파는 아저씨가 오는 소리를.[66]

나는 기억한다, 한번은 그가 우리 집까지 오기 전에 풀밭에서 5센트 동전을 잃어버린 일을.

나는 기억한다, 지금과 꼭 마찬가지로 그때도 인생은 심각했음을.

나는 기억한다, "퀴어들은 휘파람을 못 불지"라는 말을.

나는 기억한다, 모래폭풍과 누런 하늘을.

나는 기억한다, 창밖으로 보이던 비오는 날들을.

나는 기억한다, 뚜껑이 아주 느슨하게 돌려져 있었던 학교 식당 소금통들을.[67]

---

66) 트럭이나 밴에 가게를 차려 돌아다니면서 다양한 멜로디의 차임벨로 고객을 불렀다.
67) 못된 장난의 하나. 식탁 위 소금통의 뚜껑을 아주 느슨하게, 빠지기 직전까지 돌

나는 기억한다, 언젠가 카페에서 사람들의 초상화 그리는 일을 했던 것을. 이 테이블 저 테이블로 옮겨 다니며. 포크송 공연이 잠시 쉬는 동안. 촛불 아래에서.

나는 기억한다, 한 흑인 남자가 크리스마스에 자기 집 거실 창에 걸어놓을 커다란 성탄 그림을 그려달라기에 백인 성모와 아기 예수를 그려주었던 일을.

나는 기억한다, 학창 시절 어느 해에 교장 선생은 미스터 블랙이었고 미술 선생은 미시즈 블랙이었던 것을. (둘은 부부가 아니었다.)

나는 기억한다, 아름다운 골동품 도자기 등속으로 가득한 그릇장을 가지고 있던 한 나이 많은 부인에 대해 어머니가 해준 이야기를. 어느 날 토네이도가 닥쳐 그릇장이 바닥에 엎어졌지만 그 안의 것들은 하나도 깨지지 않았다. 여러 해가 지나 그녀는 세상을 떴고 유언장을 통해 물고기 모양의 밀크글래스[68] 사탕 접시를 우리 아버지에게 물려주었다. (이것도 그 그릇장에 들어 있던 것이었다.) 어쨌든

려놓으면 바로 다음에 누가 그걸 기울일 때 뚜껑이 툭 떨어지면서 음식에 소금이 쏟아지게 된다.
68) milk glass. 불투명하게 만든 유리 소재의 일종. 다양한 색상이 있었으나 우유처럼 뽀얀 색상이 대표적이어서 이렇게 불렸다.

그 사탕접시는 우리 집에 도착했을 때 산산조각이 나 있었다. 하지만 아버지가 접착제로 그것을 다시 붙여놓으셨다.

나는 기억한다, 편도선 제거 수술 직전에 내 입과 코 위를 가리던 커다랗고 시커먼 고무 물건을. 편도선을 떼어낸 후에 먹은 바닐라 아이스크림이 내 목구멍을 타고 넘어갈 때의 느낌도 기억난다.

나는 기억한다, 우유배달부가 나에게 사진기를 건네주던 어느 날 아침을. 왜 그걸 받게 됐는지는 끝내 정확히 알지 못했다. 무슨 콘테스트와 관련이 있었다는 것은 확실하지만.

나는 기억한다, 「어울리지 않는 사람들」[69]에 등장하는 메릴린 먼로의 아련함을.

나는 기억한다, 「쉐르부르의 우산」[70] 속 눈 내리는 주유소를.

---

69) *The Misfits*. 메릴린 먼로와 클라크 게이블, 몽고메리 클리프트가 주연한 존 휴스턴 감독의 1961년도 영화. 먼로의 남편이었던 극작가 아서 밀러가 대본을 썼다. 영화가 개봉되기 얼마 전에 게이블이 죽고 개봉 다음해에 먼로도 사망해 두 사람 모두에게 마지막 작품이 되었다.

70) *The Umbrellas of Cherbourg*(원제목은 *Les Parapluies de Cherbourg*). 자크 드미 감독의 1964년 영화로, 프랑스의 항구도시 쉐르부르에서 펼쳐지는 슬픈 사랑 이야기다. 눈 내리는 주유소는 영화의 끝부분에서 옛 연인인 주느비에브(카트린 드뇌브)와 기(니노 카스텔누오보)가 스치듯 우연히 만나는 장면의 배경이다.

나는 기억한다, 후프 스커트[71]의 유행이 잠깐 되돌아왔던 때를.

나는 기억한다, 한번은 어딘가에서 눈을 떴는데 말이 내 얼굴을 빤히 바라보고 있었던 것을.

나는 기억한다, 말 등에 타보았던 일과 그게 얼마나 높았는지를.

나는 기억한다, 서커스에서 사온 카멜레온을. 다른 색깔과 만날 때마다 몸 색깔을 바꾸리라 기대했지만, 오로지 녹색에서 갈색으로, 다시 갈색에서 녹색으로 왔다 갔다만 했다. 그것도 그저 녹갈색 정도였다.

나는 기억한다, 빙고 게임에서 한 번도 이기지 못했다고. 틀림없이 이긴 적도 있었을 텐데.

나는 기억한다, 새하얀 토끼털 코트와 모자, 토시를 착용한 작은 여자애를. 사실 그 작은 여자애는 기억나지 않는다. 기억하는 것은 그 코트와 모자, 토시뿐이다.

나는 기억한다, 토요일 오후 차고에서 흘러나오던 라디오의 야구 중계 소리를.

---

71) hoop skirt. 페티코트나 심 등을 이용해 한껏 부풀린 치마.

나는 기억한다, 조니 레이[72]가 왜 그렇게 불행한 사람인지에 관한 이야기를 들었던 것을. 하지만 얘기 내용은 기억을 못 하겠다.

나는 기억한다, 다이너 쇼어[73]가 반은 흑인이었는데 어머니가 그 얘기를 해준 적이 없었고, 그래서 자기가 연갈색 피부의 아이를 낳자 (자신이 반은 흑인이라는) 그 얘기를 안 해줬다고 어머니를 고소했다는 소문을.

나는 기억한다, 얼굴을 검게 칠한 우리 아버지를. 민스트럴 쇼[74]에서 엔드맨 역할이었다.

나는 기억한다, 짧은 발레 치마를 입은 아버지를. 교회에서 열린 버라이어티 쇼에서 발레리나 역할이었다.

---

72) Johnny Ray(1927~90). 어려서 사고로 청력을 잃고도 가수로 성공해 1950년대를 풍미했다. 재즈와 블루스의 영향이 짙은 음악과 절규하는 듯한 창법, 연극적인 무대 매너로 'Mr. Emotion'이라는 별명을 얻었다.
73) Dinah Shore(1916~94). 1940~50년대에 인기를 누린 가수로, 그 이후엔 TV 프로그램의 진행자로도 오랫동안 활약했다. 쇼어의 부모는 러시아에서 이민 온 유대인이라고 하며 어머니는 그녀가 16세 때 사망했으니, 여기서 회고되는 소문은 근거가 박약하다 하겠다.
74) minstrel show. 백인이 흑인 분장을 하고 펼치는, 코미디와 음악, 드라마를 버무린 버라이어티 쇼로, 흑인을 풍자하고 희화화하는 내용이 수를 이룬나. 19세기 중반에 크게 유행한 후 점차 사양길에 접어들었다. 엔드맨(end man)이란 이 쇼에서 출연자들의 맨 끝에 앉아 사회자와 재담을 나누는 사람이다.

46

나는 기억한다, 앤 케플러를. 그녀는 플루트를 불었다. 그녀의 반 듯한 어깨를 나는 기억한다. 그녀의 큰 눈을 나는 기억한다. 살짝 매 부리 같은 그녀의 콧날을. 그리고 도톰한 입술을. 그녀가 플루트 부는 모습을 그린 내 유화도 기억한다. 몇 년 전에 그녀는 브루클린의 한 고아원에서 플루트 연주회를 하던 중 일어난 화재로 죽었다. 아이들 은 모두 무사했다. 그녀에겐 어딘가 하얀 대리석 같은 면이 있었다.

나는 기억한다, 부활절과 성탄절에만 교회에 가던 사람들을.

나는 기억한다, 계피향이 나는 이쑤시개를.

나는 기억한다, 체리 코크를.

나는 기억한다, 물에 담그면 자라나던 파스텔 색의 얼음사탕들을.[75]

나는 기억한다, 드라이브인 양파 링[76]을.

나는 기억한다, 목사 아들이 개차반이었던 것을.

---

75) 결정성장(crystal growth)이라는 과정에 의한 것이다. 막대 모양의 얼음사탕(rock candy)이 자라게 만드는 실험은 유튜브 등에서 쉽게 찾아볼 수 있다.
76) drive-in onion rings. 드라이브인 식당에서 사 먹는 양파 링.

나는 기억한다, 진주광택이 나는 플라스틱 변기 시트를.

나는 기억한다, 어느 꼬마 애의 아버지가 남녀가 춤추는 것과 뒤섞여 수영하는 것을 못마땅해하던 것을.

나는 기억한다, 켄워드 엘름슬리[77]에게 테니스를 칠 줄 안다고 말했던 때를. 그는 같이 테니스 칠 사람을 찾고 있었고 나는 그를 더 잘 알고 싶었다. 나는 공 한 번 제대로 맞추지 못했지만 그래도 그를 더 잘 알게 되기는 했다.

나는 기억한다, 사실은 산타클로스를 믿지 않았지만 믿게 되기를 너무도 간절히 원해서 결국 믿게 되었던 때를.

나는 기억한다, 펩시콜라 회사가 쓰러지기 직전이던 때를.

나는 기억한다, 흑인들은 버스 뒷좌석에 앉아야 했던 때를.

나는 기억한다, 핑크 레모네이드를.

---

77) Kenward Elmslie(1929~), 퓰리처상을 만든 신문 경영자 조지프 퓰리처의 손자로, 작가이자 공연예술가로 활동했다. 1973년부터는 뉴욕 스쿨에 속한 다양한 장르 작가들의 작품을 편집, 출판하는 일에도 힘을 쏟았다. 1960년대부터 30년간 브레이너드와 친구이자 연인 관계를 유지했다.

나는 기억한다, 쌍둥이 종이인형을.

나는 기억한다, 부품한 파스텔 색 스웨터들을. (앙고라 털실이었다.)

나는 기억한다, 수영복 차림의 여자 그림이 있는 유리잔들을. 잔을 채우면 수영복이 벗겨지면서 알몸이 드러났다.

나는 기억한다, 검은색에 가깝게 어두운 적색의 매니큐어를.

나는 기억한다, 체리가 너무 비쌌던 것을.

나는 기억한다, 어느 바에서 론 패짓과 나를 보고 자기 집에 같이 가자고 하던 턱시도 차림의 술 취한 남자를. 우리가 거절하자 그는 자기가 가진 돈을 우리에게 다 주었다.

나는 기억한다, 남성 육체미 잡지 한 권을 사기 위해 얼마나 많은 다른 잡지들을 사야 했던가를.

나는 기억한다, 차고를 뒤덮고 있던 빨간색 덩굴장미를. 장미 철이 오면 거의 빨강 일색이었다.

나는 기억한다, 길 아래쪽에 살던 꼬마 아이를. 때로 나는 그 애의 장난감 하나를 속옷 속에 감추고는 그 애가 손을 넣어 찾아가도록 했다.

나는 기억한다, 체육 시간에는 옷을 벗고 수영을 해도 섹시함을 전혀 느낄 수 없었던 것을.

나는 기억한다, "흑인 남자는 왕자지"라는 말을.

나는 기억한다, "중국 남자는 아기자지"라는 말을.

나는 기억한다, 학창 시절 한 여자 아이가 어느 날 뜬금없이 자기 오빠가 속옷을 입지 않아서 오빠 바지를 세탁하는 게 얼마나 힘든지 아느냐며 장광설을 늘어놓았던 것을.

나는 기억한다, 어머니가 보지 않을 때 마지막 순간을 노려 세탁기에 속옷을 슬쩍 집어넣던 일을. (몽정 때문에.)

나는 기억한다, 털사 석유 박람회장에서 대부분의 건물보다 더 높이 서 있던 거대한 금빛 남자 동상을.[78]

---

78) Tulsa Oil Show(공식 명칭 International Petroleum Exposition)는 20세기 초반 미국 석유산업의 중심지로 부상한 털사(오클라호마 주)에서 1923년부터 79년까지 부정기적으로 열린 박람회이며, 그 상징 조형물이 1953년에 세워진 석유 노동자 동상 '골

나는 기억한다, 낙엽을 긁어모으지 않는 것이 잔디에 좋다고 부모님을 설득하려 애썼던 것을.

나는 기억한다, 민들레가 온 마당에 퍼진 것을 *나는* 좋아했음을.

나는 기억한다, 아버지가 불알을 자주 긁던 것을.

나는 기억한다, 아주 가느다란 허리띠를.

나는 기억한다, 제임스 딘과 그의 붉은색 나일론 재킷을.

나는 기억한다, 스코틀랜드 남자들은 치마[79]를 입어야 하니 얼마나 민망할까 생각하던 것을.

나는 기억한다, 스카치테이프가 그다지 투명하지 않았던 때를.

나는 기억한다, 젖은 수영복을 벗고 나면 자지가 얼마나 작은지를.

나는 기억한다, 그럴 필요가 없는 경우에도 "고맙습니다"라고 말

___

든 드릴러(Golden Driller)'다. 높이 23m.
79) 스코틀랜드 남자들의 전통 복장인 킬트(kilt, 체크무늬의 스커트)를 말한다.

하던 것을.

나는 기억한다, 손이 큼직한 사람들과의 악수를.

나는 기억한다, "고맙습니다"라는 말에 "고맙습니다"라고 답해서 상대가 무슨 말을 해야 할지 몰라 하던 것을.

나는 기억한다, 학교에서 발기가 되었을 때 수업 끝나는 종이 울리면 지퍼 달린 바인더 노트가 얼마나 요긴했는지를.

나는 기억한다, 지퍼로 열고 닫는 노트를. 여자애들은 그걸 가슴에 안고 다녔고, 남자애들은 옆으로 설렁설렁 들고 다녔던 것도 기억난다.

나는 기억한다, 새 지퍼 노트를 오래된 것처럼 보이게 만들려고 했던 것을.

나는 기억한다, 앤 밀러[80]가 아름답다고 생각한 적이 한 번도 없었음을.

---

80) Ann Miller(1923~2004). 1940~50년대에 주로 할리우드 뮤지컬 영화에서 활약한 배우 겸 가수.

나는 기억한다, 어머니 아버지의 벗은 몸이 추하다고 생각했던 것을.

나는 기억한다, 가슴이 아주 큰 여자의 상반신 누드 사진을 발견했던 때를. 그래서 학교에서 그것을 한 남자애에게 보여주었는데 걔가 여자 선생님한테 그 얘기를 해서 선생님이 한번 보자고 하기에 보여드렸더니 그게 어디서 난 것이냐고 묻기에 그냥 길에서 주웠다고 말했다. 그러고는 아무 일도 없었다.

나는 기억한다, 땅콩버터와 바나나 샌드위치를.

나는 기억한다, 허리께까지 내려오는 모피 칼라가 달린 보석 박힌 스웨터들을.

나는 기억한다, '기차 화물칸의 쌍둥이들'[81]을.

나는 기억한다, 불구인 사람들을 쳐다보지 않았던 것을.

---

81) 브레이너드는 여기서 'Box Car Twins'를 기억했지만 이런 것은 없고, 비슷한 이름의 어린이용 소설 시리즈로 The Boxcar Children이 있다. 1942년 첫 권이 발표된 후 오랫동안 독자들의 사랑을 받은 이 시리즈는(100권 넘게 나와 있다) 고아가 된 4남매가 숲 속에 버려진 유개화차에 살면서 주변의 미스터리들을 풀어나가는 내용이 주를 이루는데, 쌍둥이는 등장하지 않는다. 쌍둥이들이 나오는 것은 비슷한 시기에 인기를 끈 Bobbsey Twins 시리즈다. 브레이너드가 두 동화를 뒤섞어 기억한 게 아닌가 싶다.

나는 기억한다, 만토바니[82]와 그의 현악단을. (100명이었나?)

나는 기억한다, 목이랄 게 거의 없었던 한 여자를. 그녀는 항상 커다란 발에 밝은 색상의 통굽 스웨이드 구두를 신고 있었다. 어머니는 그 구두가 아주 비싼 거라고 했다.

나는 기억한다, 가윗날에 걸면 꼬불꼬불하게 말려 오르던 골진 리본을.

나는 기억한다, 다른 사람들 앞에서는 결코 울지 않았다는 것을.

나는 기억한다, 다른 아이들이 울면 얼마나 당혹스러웠는지를.

나는 기억한다, 내가 그림으로 받은 최초의 상을. 초등학교 때. 예수 탄생 장면을 그린 그림이었다. 하늘에 그려 넣은 커다란 별이 기억난다. 박람회에서 일등상을 탔다.

나는 기억한다, 담배를 피우기 시작하면서 부모님에게 편지를 써

---

82) Annunzio Paolo Mantovani(1905~80). 이탈리아 출신 영국 음악가, 악단 지휘자. 대중적인 곡을 관현악단에 맞게 편곡한 이른바 '경음악' 스타일의 연주로 1950~60년대에 세계적으로 팬이 많았다. 만토바니 악단과 비슷한 느낌을 주는 '101 Strings'(100이 아니다)도 있는데, 브레이너드는 이 둘을 혼동한 것 같다.

그 사실을 알렸던 것을. 그 편지에 대해서 아무 말씀도 없었고, 나는 그냥 쭉 담배를 피웠다.

나는 기억한다, 몽정이 얼마나 좋았던가를.

나는 기억한다, 호수 위를 건너가던 롤러코스터를.

나는 기억한다, (침대에 들었지만 아직 잠들지는 않은 상태에서) 아주 큰 물체가 아주 작아지고 아주 작은 물체가 아주 커지는 환상을.

나는 기억한다, 눈을 아주 꼭 감으면 여러 색상과 디자인이 보이던 것을.

나는 기억한다, 「젊은이의 양지」에 나온 몽고메리 클리프트[83]를.

나는 기억한다, 밝은 색상의 알루미늄 잔을.

---

83) 미국 작가 시어도어 드라이저(Theodore Dreiser, 1871~1945)의 소설 『아메리카의 비극(An American Tragedy)』(1925)을 영화화한 「젊은이의 양지(A Place in the Sun)」(1951)는 신분 상승을 꿈꾸는 청년의 야심과 비극적 종말을 그린 작품이다. 몽고메리 클리프트(Montgomery Clift, 1920~66)가 주인공 역을 맡았다.

나는 기억한다, '스윙' 댄스[84]를.

나는 기억한다, '더 치킨'[85]을.

나는 기억한다, '더 밥'[86]을.

나는 기억한다, 현대 회화를 그려서 상을 탄 원숭이들을.

나는 기억한다, "내가 세상 돌아가는 걸 좀 알고 있으려 하는 편이긴 하지"라는 말을.

나는 기억한다, "애들도 저 정도는 다 하겠네"라는 말을.

나는 기억한다, "글쎄, 좋은 것일지도 모르지만 나는 통 이해가 안 되는군"이라는 말을.

---

84) 1920년대에서 40년대 사이에 스윙(swing) 형식의 재즈 음악과 함께 발전한 춤. 다양한 변형이 있으며 대표적인 것이 지르박(jitterbug)이다.
85) The Chicken. 1950년대부터 젊은이들 사이에서 유행한, 리듬앤드블루스 음악에 맞춰 추는 춤. 닭을 흉내 내어 팔을 퍼덕이고 발을 차는 동작이 특징이다.
86) The Bop. 1950년대에 젊은이늘 사이에서 신공직 인기를 끈 춤. 파트너 없이도 출 수 있다. 청소년들이 이전 세대와는 뭔가 다른 모든 것에 'The Bop'이라는 용어를 갖다 붙일 정도로 한 세대의 상징이 되었다.

나는 기억한다, "색깔은 마음에 드네"라는 말을.

나는 기억한다, "설명할 수 없을 걸"이라는 말을.

나는 기억한다, "흥미롭구먼"이라는 말을.

나는 기억한다, 버뮤다 반바지[87]와 무릎까지 올라오는 양말을.

나는 기억한다, 처음으로 전신 거울에 버뮤다 반바지를 입은 내 모습을 비춰보던 때를. 다시는 그런 바지를 입지 않았다.

나는 기억한다, 조이스 밴트리스와 병원 놀이를 하던 것을. 그녀의 부드럽고 하얀 아랫배를 기억한다. 커다란 그녀의 배꼽을. 다리사이 갈라진 작은 틈새를. 거기에 내 귀를 대고 비비던 것도 기억한다.

나는 기억한다, 로이스 레인[88]을. 그리고 델라 스트리트[89]를.

---

87) Bermuda shorts. 무릎 바로 위까지 내려오는 반바지.
88) Lois Lane. 「슈퍼맨」 시리즈에서 슈퍼맨의 애인이 되는 여기자.
89) Della Street. 추리소설 작가 얼 스탠리 가드너가 창조한 변호사 탐정 페리 메이슨의 비서.

나는 기억한다, (샌드라 디와 함께 나온 영화에서처럼) 검게 그을린 피부에 하얀 수영복을 입고 해변에 있는 트로이 도나휴[90]에 대한 성적 판타지로 자위를 하던 것을.

나는 기억한다, 숲 속에서 낯선 사람과 그걸 하는 성적 판타지를.

나는 기억한다, 하얀 타일의 샤워실에 대한 성적 판타지를. 딱딱하면서도 미끄러운. 어슴푸레하고 김이 서린. 젖은 몸과 젖은 몸이 부딪치는. 미끈거리고, 빠르고, 찔꺽거리는.

나는 기억한다, 어린 (그러나 충분히 나이가 들기도 한) 시골 소년들을 유혹하는 성적 판타지를. 창백하고 금발이며 간절해하는 소년들을.

나는 기억한다, 존 커[91]가 등장하는 성적 판타지로 자위하던 것을. 그리고 몽고메리 클리프트도.

---

90) Troy Donahue(1936~2001). 1950년대 청춘스타로 등장해 남성 섹스 심벌로 인기를 누렸다. 그와 샌드라 디가 주연한 영화 「피서지에서 생긴 일(A Summer Place)」(1959)은 한국에서도 많은 관객을 끌었다.
91) John Kerr(1931~2013). 준수한 외모와 지적인 이미지로 어필했던 배우. 영화 「남태평양」, TV 드라마 「페이턴 플레이스」 등에서 주요 배역을 맡았다. 39세 때 변호사로 변신했다.

나는 기억한다, 보트 위에서 J. J. 미첼[92]과 함께하는 아주 축축했던 꿈을.

나는 기억한다, 사람 몸의 부분 부분을 상상하며 자위하던 것을.

나는 기억한다, 배꼽을. 복근을. 손을. 힘줄이 불거진 팔을. 자그 만 발을. (나는 발이 작은 편을 좋아한다.) 그리고 근육질의 다리를.

나는 기억한다, 다른 데보다 살결이 더 보드랍고 더 하얀 겨드랑 이를.

나는 기억한다, 금발 머리를. 새하얀 이를. 굵은 목을. 그리고 모 종의 뜻이 담긴 미소들을.

나는 기억한다, 속옷을. (나는 속옷을 좋아한다.) 그리고 양말도.

나는 기억한다, 옷을 입고 있을 때 천에 생기는 구김살과 주름을.

나는 기억한다, 딱 붙는 하얀 티셔츠와 겨드랑이 쪽에 잡히는 주

---

92) J. J. Mitchell(1914~85). 다양한 주제의 유화를 그린 화가. 특히 아메리카 원주민 을 묘사한 작품들이 유명하다.

름들을.

나는 기억한다, 오래되어 물이 빠지고 낡아 찢어진 청바지와 그 틈새로 살짝살짝 보이는 속살에 대한 성적 판타지를. 특히 부드럽고 하얀 엉덩이가 세모 모양으로 보이는 찢어진 뒷주머니를 기억한다.

나는 기억한다, 켄워드 엘름슬리의 개 위퍼월[93]이 등장하는 그다지 유쾌하지 않은 성적 몽상을.

나는 기억한다, 부활절 달걀을 올려놓던 초록색 풀을.

나는 기억한다, 부활절 토끼가 있다고 진심으로 믿은 적이 결코 없었던 것을. 잠귀신이나 이빨 요정도 마찬가지다.[94]

나는 기억한다, (깃털을 염색한) 밝은 색깔의 병아리들을. 그런 애들은 아주 빨리 죽었다. 아니면 달아나버리거나 무슨 일이든 일어났

---

93) Whippoorwill. 엘름슬리가 기르던 하얀색 하운드 종의 개. 브레이너드는 이 개를 소재로 유화를 그리기도 했다.
94) 부활절 토끼(Easter bunny)는 부활절 때 채색된 달걀과 사탕, 때로는 장난감까지 바구니에 담아 아이들에게 가져온다는 토끼이며, 잠귀신(Sandman)은 사람의 눈에 마법의 모래를 뿌려 잠들게 하고 좋은 꿈을 꾸게 해준다는 중부·북부 유럽 전설 속의 존재다. 이빨 요정(tooth fairy)은 아이들이 빠진 이를 베개 밑에 넣고 자면 밤 사이에 찾아와 돈이나 사물을 놓고 이를 가져간다는 요정이다.

다. 어쨌든 부활절이 지나면 얼마 안 있어 사라졌다는 것이 기억난다.

나는 기억한다, 썩은 달걀 냄새가 나던 방귀를.

나는 기억한다, 아주 더운 어느 여름날 내 어항에 얼음 조각들을 넣었다가 물고기가 몽땅 죽어버린 일을.

나는 기억한다, 길거리를 걷다가 갑자기 내가 실오라기 하나 걸치지 않았음을 깨닫는 꿈을.

나는 기억한다, 너무 늙고 고약해져서 부모님이 안락사를 시켰던 미드나이트라는 이름의 덩치 큰 검은 고양이를.

나는 기억한다, 형과 내가 무언가를 묻어놓고 막대기 두 개로 십자가를 만들어 세웠던 것을. 고양이였을 수도 있겠지만, 아마도 벌레나 뭐 그런 게 아니었을까 싶다.

나는 기억한다, 하지 않은 일들에 대해 후회하던 것을.

나는 기억한다, 지금 내가 아는 것을 그때도 알았더라면 하고 바라던 것을.

나는 기억한다, 어두워지기 직전 복숭앗빛으로 물들던 저녁을.

나는 기억한다, "연보라색 과거" [95]라는 말을. (그에게는 연보라색 과거가…)

나는 기억한다, 그레이하운드 야간 버스를.

나는 기억한다, 버스 운전기사는 무슨 생각을 하고 있을까 궁금해하던 것을.

나는 기억한다, 텅 빈 마을들을. 녹색이 감도는 창문들을. 그리고 불이 꺼지는 순간의 네온사인들을.

나는 기억한다, 어느 버스의 연보랏빛이 도는 (그렇다고 생각되는) 창들을.

나는 기억한다, 앞마당 잔디 위에 자빠져 있던 세발자전거를. 불두화 덤불을. 그리고 플라스틱 오리 가족들을.

---

95) lavender past, 라벤더 꽃의 색깔인 연보라는 흔히 동성애를 상징하는 색깔로 간주된다. 예를 들어, 1950년대에 미국 상원의원 조지프 매카시가 불러일으킨 반공산주의 광풍을 'red scare(적색 공포)'라 불렀는데, 당시 공산주의자와 연계된 사람이 많다고 여겨진 동성애자들에 대한 두려움과 탄압 현상은 'lavender scare'라고 했다.

나는 기억한다, 밤에 주황색 불빛으로 물든 창에 사람들의 움직임이 언뜻언뜻 비치던 것을.

나는 기억한다, 작은 암소들을.

나는 기억한다, 버스마다 군인이 한 명씩은 꼭 있다는 것을.

나는 기억한다, 작고 볼품없는 현대식 교회들을.

나는 기억한다, 버스 안 화장실 문을 여는 방법을 매번 잊는다는 것을.

나는 기억한다, 도넛과 커피를. 등받이 없는 의자를. 새로 써서 덧댄 가격들을. 그리고 잿빛 사람들을.

나는 기억한다, 맞은편에 앉은 사람이 퀴어인지 궁금해하던 것을.

나는 기억한다, 비온 뒤 포장도로 위의 무지갯빛 기름 얼룩을.

나는 기억한다, 거리를 지나가는 사람들의 옷을 (머릿속으로) 벗겨보던 것을.

나는 기억한다, 털사의 반짝거리던 붉은 보도를.

나는 기억한다, 두 번이나 머리에 새똥을 맞은 일을.

나는 기억한다, 벗은 사람의 모습을 창문으로 흘끗 보는 것이, 제대로 본 것은 사실 없었을지라도 얼마나 흥분되는지를.

나는 기억한다, 「고엽」[96]을.

나는 기억한다, 아주 예뻤지만 냄새가 도무지 좋지 않았던 독일 소녀를.

나는 기억한다, 에스키모들은 코로 키스한다던 것을.(?)

나는 기억한다, 부모님의 친구분 중 유일하게 수영장을 갖고 있던 사람이 장례식장도 소유하고 있었다는 것을.

나는 기억한다, 밤에 불을 환하게 켜놓았으나 사람은 하나도 없던

---

96) "Autumn Leaves". 원래 프랑스에서 "Les feuilles mortes" 즉 '고엽(낙엽)'이라는 제목으로 1945년에 발표된 곡. 이브 몽탕의 노래로 먼저 알려진 뒤 1950년대 이후 미국에서 "Autumn Leaves"라는 이름 아래 도리스 데이, 앤디 윌리엄스 등 많은 가수가 불렀다.

빨래방을.

　나는 기억한다, 아주 정갈한 가톨릭 성물 가게를. 살 만한 것이 하나도 없었다.

　나는 기억한다, 빠진 게 많아 보이지 않도록 사탕 상자들을 다시 배열하던 것을.

　나는 기억한다, 작은 장식용 구멍이 뚫려 있는 갈색과 흰색이 섞인 구두를.

　나는 기억한다, 일어나서 나오기가 어려웠던 어떤 단체 모임들을.

　나는 기억한다, 정글 영화에 나오는 악어들과 모래 수렁을. (꽤 무서웠다.)

　나는 기억한다, 다른 누구도 못 열던 병뚜껑을 내가 열었던 것을.

　나는 기억한다, 수제 아이스크림을 만들던 일을.

　나는 기억한다, 가게에서 사먹는 아이스크림이 더 좋았던 것을.

나는 기억한다, 병원용품 상점의 진열창을.

나는 기억한다, 핫도그 소시지를 무엇으로 만드는지에 대한 이야기들을.

나는 기억한다, 데이비 크로켓[97] 모자를. 그리고 데이비 크로켓 스타일의 다른 모든 것들도.

나는 기억한다, 지구 반대편의 사람들이 떨어져 나가지 않는 이유를 이해할 수 없었던 것을.

나는 기억한다, 예수가 병든 자들을 치유할 수 있었다면 왜 그들 모두를 치유해주지 않았는지, 그 이유가 뭔지 궁금해하던 것을.

나는 기억한다, 왜 하느님은 전쟁을 끝내고 소아마비를 막는 데 그의 힘을 더 쓰지 않는지 궁금해하던 것을. 비슷한 다른 일들에 대해서도 마찬가지고.

---

97) Davy Crockett(1786~1836). 테네시 주 출신 군인이자 정치가이며 서부 개척 시대를 상징하는 미국의 국민적 영웅. 1950년대에 디즈니 사에서 그를 소재로 만든 TV 프로그램에 'coonskin cap(아메리카너구리의 모피로 만든, 꼬리까지 달린 모자)'을 쓴 모습으로 그려진 뒤 그 모자가 그의 상징이 되었다.

나는 기억한다, 「러브 미 텐더」[98]를.

나는 기억한다, 세상이 정말로 얼마나 큰지를 헤아려보려 했던 것을.

나는 기억한다, 이게 다 뭐 하는 짓인지 이해해보려 했던 것을. (산다는 것 말이다.)

나는 기억한다, 반딧불이를 잡아서 뚜껑에 공기구멍을 낸 병에 넣었다가 다음날이면 놓아주던 것을.

나는 기억한다, 토끼풀 꽃목걸이를 만들던 일을.

나는 기억한다, 보스턴에 있는, 휘슬러가 그린 이저벨라 가드너[99]의 초상화를.

나는 기억한다, 붓과 잉크로 그린 고풍스러운 아이들 그림을 모아 털사에서 연 첫 개인전을. 그림이 아주 정교하고 섬세해서 내가 붓

98) "Love Me Tender". 1956년 발표되어 크게 히트한 엘비스 프레슬리의 발라드.
99) Isabella Stewart Gardner(1840~1924). 미술품 수집가이자 예술 후원자로 1903년 보스턴에 사신의 컬렉션을 보관하고 전시할 박물관을 지었다. 미국을 대표하는 화가 중 하나인 제임스 맥닐 휘슬러(James McNeill Whistler, 1834~1903)가 그린 그녀의 초상도 이 박물관에 있다.

하나로 그렸다는 말을 믿으려드는 사람이 아무도 없었다. 하지만 사실이다.

나는 기억한다, 피터 팬 색칠 대회에서 우승해 일 년치 무료 영화 관람권을 받은 것을.

나는 기억한다, 버니 밴 밸큰버그를. 그 애는 코가 작았다. 이마는 좁았고. 앞니 두 개가 컸다. 우리가 아주 어렸을 적 몇 년 동안 그 애는 내 여자 친구였다. 시간이 흘러, 고등학교 시절에 그녀는 아주 섹시한 여성으로 변신했다.

나는 기억한다, 버니 밴 밸큰버그의 어머니 베티를. 그녀는 땅딸막한 체구에 기운이 넘쳤으며 커다란 귀걸이를 했다. 언젠가 그녀는 자기 집 부엌 바닥에 벽지를 발랐다. 그러고는 셸락[100]으로 코팅을 했다.

나는 기억한다, 버니 밴 밸큰버그의 아버지, 의사 선생을. 그는 우리 가족의 주치의였다. 몸의 내부에 옻이 오른 환자가 왔던 일에 대해 그가 얘기한 기억이 난다. 환자는 엄청 괴로워했지만, 가려워도

---

100) shellac. 락깍지진디라는 진딧과 곤충의 분비물을 에탄올에 녹여 만드는 마감재. 고급 가구와 악기 등에 쓰인다.

긁을 도리가 없었던 덕에 병이 빨리 나았다고 했다.

나는 기억한다, 밴 밸큰버그네가 우리 집보다 돈이 많았던 것을.

나는 기억한다, 초등학교 시절 신발에 거울을 붙이고는 여자애와 대화를 나누면서 치마 밑으로 발을 쓱 밀어 넣던 짓을. 다른 남자애들이 그랬다. 나는 안 했다.

나는 기억한다, 터널과 도시 모양을 만들면서 수박을 파먹던 일을.

나는 기억한다, 「제인 프로먼 이야기」[101]가 얼마나 슬펐는지를.

나는 기억한다, 이전에 당한 폭발 사고 때문에 울긋불긋한 얼굴이 된 조지 이블린을. 녹색 옷을 자주 입고 큰 소리로 웃던 그의 부인 제인도. 내 또래였던 그들의 외동아들 조지 주니어도 기억난다. 그 애는 아주 뚱뚱했고 아주 막 나갔다. 하지만 지금은 자리를 잡고 결혼도 했으며 교회 일에 열심이라고 들었다.

---

101) Jane Froman(1907~80). 가수이자 배우로 1943년 비행기 추락 사고로 전신에 큰 부상을 입고 그 후유증과 싸우면서도 무대 활동을 계속한 것으로 유명하다. 그녀의 이 같은 삶은 1952년에 영화화되었다(*With a Song in My Heart: The Jane Froman Story*).

나는 기억한다, 엘비스 프레슬리를 처음으로 보았던 때를. 「에드 설리번 쇼」[102]에 나왔을 때였다.

나는 기억한다, 「파란색 스웨이드 구두」[103]를. 나 역시 그런 신발이 하나 있었던 것도 기억난다.

나는 기억한다, 펠트를 푸들 모양으로 오려 덧붙인 펠트 치마를. 가끔 푸들 목걸이에 보석 장식이 되어 있기도 했다.

나는 기억한다, 선명한 주황색의 통조림 복숭아를.

나는 기억한다, 보석 장식이 박힌 병따개를.

나는 기억한다, 축제 장터의 말 여인을. 그녀에게 말을 닮은 구석이라곤 하나도 없었다.

나는 기억한다, 베개 싸움을.

---

102) *The Ed Sullivan Show*. 신문 칼럼니스트 출신 방송인인 에드 설리번의 진행으로 1948년부터 71년까지 20년 이상 CBS-TV에서 방송된 버라이어티 쇼. 1956년 9월 엘비스 프레슬리가 처음 출연했을 때는 시청률 82.6%를 기록했다.
103) "Blue Suede Shoes". 1955년 칼 퍼킨스가 처음 발표한 노래로, 로큰롤 초기 명곡의 하나로 꼽힌다. 1956년에 엘비스 프레슬리도 불렀다.

나는 기억한다, 가을이 실제로 얼마나 노랗고 빨간지를 보고 놀라던 것을.

나는 기억한다, 행운의 편지들을.

나는 기억한다, 피터 팬 칼라[104]를.

나는 기억한다, 겨우살이를.[105]

나는 기억한다, 영화 「세인트루이스에서 만나요」에서 「즐겁고 예쁜 성탄절을 보내세요」를 (그토록 슬프게) 부르던 주디 갈런드를.[106]

나는 기억한다, 「오즈의 마법사」[107]에 나오는 주디 갈런드의 빨간 구두를.

---

104) Peter Pan collar. 납작하고 널찍한, 주로 어린이들의 옷에 자주 쓰이는 형태의 옷깃.
105) 겨우살이(mistletoe)의 줄기는 크리스마스 장식에 흔히 쓰인다.
106) 「세인트루이스에서 만나요(Meet Me in St. Louis)」는 샐리 벤슨의 동명 소설을 1944년에 영화화한 것으로, 여주인공 역의 주디 갈런드(Judy Garland, 1922~69)가 영화 속에서 부른 "Have Yourself a Merry Little Christmas"는 지금도 널리 불린다. 갈런드는 이 영화의 감독 빈센트 미넬리와 곧 결혼했다.
107) The Wizard of Oz. 라이먼 프랭크 바움의 소설 『오즈의 경이로운 마법사』(1900)를 바탕으로 1939년에 만든 뮤지컬 영화. 당시 17세였던 갈런드가 주인공 도러시 역을 맡았다.

나는 기억한다, 천장에 반사되던 크리스마스트리의 불빛을.

나는 기억한다, 우리 부모님이 깜빡 잊고 크리스마스카드를 보내지 않은 사람들에게서 온 크리스마스카드를.

나는 기억한다, 옆집에 살던 밀러 가족을. 밀러 부인은 인도인이었고 밀러 씨는 아마추어 무선사였다. 그들은 아이가 다섯 있었고 아주 작은 집에서 살았다. 그 집 마당은 언제나 잡동사니 천지였다. 집 안도 마찬가지였다. 거실은 커다란 녹색 탁구대가 꽉 채우고 있었다.

나는 기억한다, 쓰레기를 내놓던 것을.

나는 기억한다, '리츠' 영화관을. 안에는 동상들이 즐비했고 천장은 별들이 반짝이는 밤하늘 같았다.

나는 기억한다, 파라핀을 입힌 종이를.[108]

나는 기억한다, 사각형 두 개가 부분적으로 겹치도록 한 진열 선

---

108) wax paper. 파라핀지. 반투명의 얇은 종이나 모조지 따위에 파라핀(석랍)을 먹여 방수성을 좋게 한 종이.

반을. 한쪽 사각형이 더 높았다.

　나는 기억한다, 진짜 망사 천 같은 발레복을 입은 일본산의 작은 발레리나 조각상들을.

　나는 기억한다, 샴브레이[109] 소재의 작업복 셔츠를. 또 맨발에 신은 때 묻은 테니스화를.

　나는 기억한다, 의사들을 우스꽝스럽게 새긴 나무 조각상들을.

　나는 기억한다, "T-부위"[110]라는 말을. (캐멀 담배 광고의.)

　나는 기억한다, 커다란 갈색 라디오들을.

　나는 기억한다, 길고 호리호리한 이탈리아산 색유리 디캔터[111]를.

　나는 기억한다, 어망을.

---

109) chambray. 씨실과 날실의 색을 달리하여 보는 방향에 따라 미묘한 색의 차이가 나는 평직 원단. 흔히 입는 이 소재의 옷으로 데님 느낌의 청셔츠가 있다.
110) T-zone. 미국 캐멀(Camel) 담배의 잡지 광고에 등장한 용어로, 입의 가로줄과 목의 세로줄이 그리는 T자 모양 부위를 가리킨다. 캐멀의 연기는 이 부위를 다른 담배들보다 부드럽게 감싸준다는 주장이었다.
111) decanter. 포도주 따위를 병에서 따라 내어 상에 올릴 때 쓰는 유리병.

나는 기억한다, 널빤지와 벽돌로 만든 책꽂이를.

나는 기억한다, 봉고 드럼을.

나는 기억한다, 포도주 병에 꽂은 양초들을.

나는 기억한다, 한 면은 벽돌 벽, 세 면은 하얀 벽인 실내를.

나는 기억한다, 처음으로 바다를 보았을 때를. 나는 곧장 뛰어들었고, 물결에 휩쓸려 가라앉았다가 다시 해변으로 밀려왔다.

나는 기억한다, 유럽에 가서도 별로 다르다는 느낌이 들지 않아 실망했던 것을.

나는 기억한다, 론 패짓과 내가 처음으로 뉴욕에 도착했던 때를. 우리는 택시 기사에게 빌리지[112]로 가달라고 했다. 그가 "어디요?"라고 물었고, 우리는 "빌리지요"라고 답했다. 그러자 그는 "그러니까 빌리지 어디 말이오?"라고 했다. 우리는 "아무 데나요"라고 했다. 그는 6번가(街)와 8번로(路)가 만나는 곳에 우리를 내려주었다. 나는 적잖이 실망스러웠다. 빌리지라면 진짜 마을 같으리라고 생각했던 것

---

112) 뉴욕 시 맨해튼 섬 남쪽에 있는 그리니치빌리지(Greenwich Village)의 약칭. 일찍부터 자유분방한 예술가들의 터전이 되어 60년대 비트 운동이나 이후 LGBT(lesbian, gay, bisexual, and transgender) 권리 운동의 산실이 되었다.

이다. 머릿속으로 그려보던 유럽에서처럼.

나는 기억한다, 선탠 오일을 발랐는데 태양이 숨어버렸던 일을.

나는 기억한다, 도로시 킬갤런[113]의 얼굴을.

나는 기억한다, 투우사 바지를.

나는 기억한다, 수지 반스가 항상 입고 있던 연하늘색의 치마와 스웨터 세트를. 그 애는 과학에 관심이 있었다. 그 애 방에는 벽마다 줄줄이 늘어뜨린 끈에 광고용 종이성냥첩이 수두룩이 매달려 있었다. 수집한 우표도 대단했다. 걔네 어머니와 아버지는 모두 키가 6피트가 넘었다. 그들은 키 6피트 이상의 사람들만 가입할 수 있는 클럽의 회원이었다.

나는 기억한다, 빨대를 가지고 뭔가를 빨아 마시는 것 외에 다른 짓들도 하던 것을.

나는 기억한다, '돼지의 저녁'이라는 메뉴가 있던 털사의 아이스크림 가게를. 커다란 바나나스플릿 비슷한 것으로, 돼지 여물통 비

---

113) Dorothy Kilgallen(1913~65). 기자이자 칼럼니스트로 1950년대에는 TV 게임쇼 「나의 직업은 무엇일까요?(*What's My Line?*)」의 패널리스트로도 활동했다.

숫하게 만든 나무 그릇에 담겨 나왔다. 그것을 남기지 않고 먹으면 다 먹었음을 인증하는 카드를 받을 수 있었다.

나는 기억한다, 사람들이 가버린 후에야 내가 했어야 하는데 못한 말이 생각나던 것을.

나는 기억한다, 로큰롤 음악이 얼마나 큰 상처를 줄 수 있는지를. 음악은 그토록 자유롭고 섹시한데 우리 자신은 그렇지 못하니까.

나는 기억한다, 로일라 코크런을. 그녀는 다락방에 살면서 밀랍을 재료로 길쭉하고 깡마른 인물상들을 만들었다. 그녀는 한쪽 팔이 없는 시인과 결혼하여 그가 죽을 때까지 함께 살았다. 그녀의 말로는, 있지도 않은 팔의 통증 때문에 그가 죽었다고 했다.

나는 기억한다, 모종의 비뚤어진 쾌감을 위해 식당에서 자주 혼자 밥을 먹던 일을. 지금은 그 느낌에 대해 생각하고 싶지 않다. (여전히 같은 짓을 하고 있기 때문이다.)

나는 기억한다, 털사 최초의 에스컬레이터를. 은행 안에 있었다. 그것을 타고 올라갔다 내려왔다, 또 올라갔다 내려왔다, 반복하던 것을 기억한다.

나는 기억한다, 교회에서 헌금 봉투와 주보에 그림을 그리던 일을.

나는 기억한다, 매일 밤 하느님과 편하게 수다를 떨다가 대개는 "아멘"을 하기 전에 잠들어버리곤 했던 것을.

나는 기억한다, 내 일생의 여자 중에선 최고의 사랑을. 같은 나이임에도 그녀는 너무 성숙했고 나는 너무 철이 없었다. 그녀의 이름은 메릴린 마운츠였다. 그녀의 목은 작고 뭔가 모르게 아주 연약했다. 길고 가는 목이었지만 동시에 부드러웠다. 금방이라도 부러질 것 같아 보였다.

나는 기억한다, 센센[114]을. 비누 맛이 나던 작고 까만 사각형의 그것을.

나는 기억한다, 잠들기 직전에 몸이 움찔움찔하던 것을. 마치 추락하는 것처럼.

나는 기억한다, 오하이오 주 데이턴의 미술대학에 장학생으로 뽑혔는데 그곳이 마음에 들지 않았고, 그렇다고 그냥 그만두겠다고 해

---

114) Sen-Sen. 19세기 말 미국에서 출시돼 2013년까지 생산됐던 입냄새 제거용 껌. 담배 냄새나 술 냄새를 금방 없애준다고 해 1930~50년대에 특히 많이 팔렸다.

서 그들 마음을 상하게 하고 싶지도 않아서 아버지가 암으로 위독하다고 했던 것을.

나는 기억한다, 오하이오 주 데이턴의 공원에서 열린 아트페어를. 그들은 내 누드 자화상을 다 내리게 했다.

나는 기억한다, 빌리지에서 골동품 상점을 운영하던 한 중년 여성을. 늦은 밤 그녀가 자기 집에 와서 욕실을 손봐달라고 청해왔는데, 뭐가 문제인지는 말하려들지 않았다. 부탁을 거절하는 것은 내겐 언제나 어려운 일이었기에 나는 그러마고 했다. 그러나 가기로 한 그날 밤 나는 가지 않았다. 그 골동품 상점은 지금은 문을 닫았다.

나는 기억한다, 내가 본 가장 아름다운 소년 중 하나와 가진 잠자리가 얼마나 실망스러웠는지를.

나는 기억한다, 현관 앞 포치에서 펄쩍 뛰어내리다가 벽돌 모서리에 머리를 박았던 일을. 눈앞에 보이는 것이라고는 쏟아지는 빨간 피뿐이었던 게 기억난다. 이것은 내 최초의 기억 중 하나다. 그리고 그것을 증명해주는 흉터가 남아 있다.

나는 기억한다, 하얀 빵과, 그 껍질을 뜯어내고 속 무른을 농그랗게 뭉쳐 먹었던 것을.

나는 기억한다, 발가락 사이에 낀 때를. 나는 절대로 발가락 때를 먹지 않았지만 그렇게 한 다른 아이들을 기억한다. 내가 코딱지를 먹은 것은 기억이 난다. 맛이 꽤 좋았다.

나는 기억한다, 항문 주변에 남은 똥 찌끼들을.

나는 기억한다, 목둘레의 테들을. (때 말이다.)

나는 기억한다, 오줌을 누고 그냥 내려버리는 것은 큰 낭비가 아닐까 한때 생각했던 일을. 오줌이 아마도 무언가에는 쓸모가 있을 테고, 누구든 그 쓸모가 무엇인지 알아내기만 하면 떼돈을 벌 수 있으리라 생각했던 것을 기억한다.

나는 기억한다, 욕조에 너무 오래 들어가 있어서 손가락 발가락이 쪼글쪼글해졌던 것을.

나는 기억한다, 배꼽 때를 벗겨낼 때의 '그 느낌'을.

나는 기억한다, 현관 앞 포치에서 연 「어느 날 공원을 거닐다가」[115]

---

115) "While Strolling through the Park One Day". 1884년에 나와 오랫동안 사랑받은 경쾌한 노래. 일반적으로 불리는 제목은 "The Fountain in the Park(공원의 분수)"다. 아폴로 17호로 달에 간 우주인들이 이 노래 몇 소절을 부르기도 했다("어느 날 달을

라는 뮤지컬 공연에서 (내가 분수 역할을 맡았기에) 물을 주르르 내리붓던 일을.

나는 기억한다, 「둘을 위한 자전거」[116]의 합창 장면을 위해 자전거 두 대를 한데 묶었던 것을.

나는 기억한다, 싸구려 잡화점에서 물건을 떼어 와 한두 푼을 붙여서 다시 팔던 우리 '가게'를. 그런 다음 그 돈으로 더 많은 물건을 떼어 왔다. 또 그리고 또 그리고. 결국 우리는 몇 달러의 순이익을 올릴 수 있었다.

나는 기억한다, 휠체어를 탄 사람들이 만든 빨간 종이 양귀비[117]를 10센트에 샀던 것을.

나는 기억한다, 빨간색의 작은 깃털들을. 지금 생각건대 그것은 적십자 핀이었다.

거닐다가"로 가사를 바꾸어).

116) "Bicycle Built for Two". 원 제목은 "Daisy Bell"로 1892년에 발표된 노래이나, 1963년에 나온 냇 킹 콜(Nat King Cole, 1919~65)의 버전이 가장 유명하다.

117) 전사한 군인들을 기리는 개양귀비 조화다. 미국의 경우, 전몰장병 추모일(5월 마지막 월요일)과 재향군인의 날(11월 11일)을 전후하여 관련 단체들에서 약간의 기부금을 받으며 이 조화를 나눠준다. 제1차 세계대전 때 캐나다 군의관 존 매크레이가 전사한 친구를 기리며 쓴 시 「개양귀비 들판에서(In Flanders Fields)」에서 유래했다.

나는 기억한다, 비오는 날엔 현관 앞 포치에 텐트를 치고는 했던 것을.

나는 기억한다, 뒷마당에 나가서 자고 싶다고 했더니 네가 어떻게 하룻밤을 견디겠느냐는 놀림을 받고, 그래도 밖에 나가 자다가 결국은 그날 밤을 버티지 못했던 일을.

나는 기억한다, 형이 자는 동안 형 얼굴 위로 쥐가 왔다 갔다 하는 것을 어머니가 발견했다는 얘기를. 내가 태어나기 전의 일이었다.

나는 기억한다, 내가 아주 어렸을 때 길 아래 사는 한 녀석에게서 곱슬곱슬한 머리카락이 계집애 같다는 말을 듣고 나서는 가위를 들고 내 곱슬머리를 다 잘라버렸다는 얘기를.

나는 기억한다, 아주 어릴 적에 빨간 머리 여자를 볼 때마다 "허바 허바"[118]라고 했던 것을. 우리 아버지가 빨간 머리를 좋아했기 때문이었는데 내 말은 언제나 주변에 큰 웃음을 안겼다.

나는 기억한다, 우리 어머니가 가장 좋아하는 영화배우가 준 앨리

---

118) hubba-hubba. 1940년대부터 쓰인 미국 속어의 하나로, 기쁨이나 찬탄을 표현하는 감탄사다("좋아 좋아"나 "됐어 됐어"에 해당). 성적인 의미를 띨 경우도 많다.

슨[119]이었던 것을.

나는 기억한다, 우리 아버지가 가장 좋아하는 영화배우는 리타 헤이워스[120]였던 것을.

나는 기억한다, 공원에서 열린 (사람이 꼼짝 않고 서 있는) 예수 탄생 장면 전시에서 요셉 역할을 했던 것을. 30분 동안 가만히 서 있기만 하면 요셉 역을 맡은 다른 친구가 와서 교대해주었고 다시 차례가 올 때까지 핫초콜릿을 마시며 기다렸다.

나는 기억한다, 어느 악기가 나랑 제일 잘 맞는지를 알아보려고 테스트를 받았던 것을. 그들이 클라리넷이라고 하기에 클라리넷을 구해 레슨을 받았는데, 끔찍이도 못해서 결국은 그만둬버렸다.

나는 기억한다, 내가 더 이상 신의 존재를 믿지 않는다는 것을 론패짓에게 납득시키려 했던 일을. 하지만 그는 내 말을 믿으려들지 않았다. 트럭 화물칸에서였다. 왜 거기 타고 있었는지는 기억이 나지 않는다.

---

119) June Allyson(1917~2006). 1940년대에 친근한 이미지로 사랑받았던 여배우. 브로드웨이의 댄서로 출발해 영화계에 진출했다.
120) Rita Hayworth(1918~87). 화려한 외모와 춤으로 '사랑의 여신'이라 불리며 1940년대에 최고의 인기를 누렸던 배우.

나는 기억한다, 뭐든 값을 묻기를 싫어하는 탓에 너무 비싼 물건을 사곤 하던 것을.

나는 기억한다, 한때 치과 의원에서 다들 퇴근한 뒤 청소를 하는 으스스한 일을 했던 것을. 열쇠도 따로 갖고 있었다. 그 일에서 유일하게 맘에 드는 부분은 대기실의 잡지들을 정돈하는 것이었다. 그 일은 아꼈다가 맨 마지막에 하곤 했다.

나는 기억한다, '레블론'을. 그 미스 아메리카 출신 여자[121]도.

나는 기억한다, 나는 퀴어이면서도 왜 차라리 여자였으면 좋겠다는 생각을 하지 않는지 궁금해하던 것을.

나는 기억한다, 유리잔 안에 젖은 스펀지를 넣는 방식으로 뭔가 자위용 기구를 고안해보려 했지만 이렇다 할 결과를 보지 못했던 것을.

나는 기억한다, 한번은 나 자신에게 오럴섹스를 하려 해봤지만 결국 못 하고 말았던 것을.

---

121) 화장품 회사 레블론(Revlon)은 1957년도 미스 아메리카였던 배우 메리언 맥나이트(Marian McKnight)를 기용해 회사를 홍보하고 대변하는 일을 맡긴 적이 있다.

나는 기억한다, 햇빛 속에서 바닥을 보고 엎드려 머리 뒤로 양팔을 맞잡으면 (확대된) 커다란 눈썹과 (역시 확대된) 두 개의 겹쳐진 코가 보이는 착시 현상이 생기던 것을.

나는 기억한다, 내가 가진 모든 것을 다 없애버린 적이 두 차례 있었음을.

나는 기억한다, 나의 형도 퀴어일까 궁금해하던 것을.

나는 기억한다, 내가 동전 수집가로서는 형편없었다는 것을. 항상 동전을 써버리곤 했으니.

나는 기억한다, 은회색의 1센트 동전들을. (그것들은 다 어디로 갔을까?)

나는 기억한다, '에이스'[122] 머리빗을.

나는 기억한다, '딕시' 컵을. 그리고 '본드' 식빵도. [123]

---

122) Ace. 휴대용 빗으로 특히 유명한 미국의 머리빗 브랜드. 이 회사는 1851년에 경질고무 소재의 빗을 처음 만들었고, 지금은 다양한 보디케어 제품을 내놓고 있다.
123) '딕시 컵(Dixie Cup)'은 종이컵 브랜드로, 1907년에 이 일회용 종이컵이 등장하자 위생상 바람직한 것으로 각광받았으며, 그래서 당초 상표도 '헬스 컵(Health Kup)'

나는 기억한다, '브렉' 샴푸의 여인들을. [124]

나는 기억한다, 보디빌딩 광고에서 사람들이 발로 차는 모래를 얼굴에 맞던 빼빼 마른 사내를.

나는 기억한다, 금발에 햇빛이 너무 눈부시게 비춰서 모습을 알아볼 수 없는 여인들을.

나는 기억한다, 처음으로 스케일링을 받았을 때 이가 아주 하얘지지 않아서 실망했던 것을.

나는 기억한다, 내 내장이 어떻게 생겼을지 머릿속으로 그려보려했던 것을.

나는 기억한다, 뭔가에 대한 모종의 상호 이해가 있다는 듯이 상대의 눈을 한참 동안 똑바로 쳐다보기를 좋아하는 사람들을.

나는 기억한다, 몇 번이나 보디빌딩 코스를 우편으로 주문할 뻔했

이었다. '본드(Bond)'는 1911년부터 반세기 넘게 생산되던 식빵 브랜드다.
124) 브렉(Breck)은 1930년에 만들어신 샴푸 브랜드다. 1936년부터 광고에 아름답고 순수해 보이는 실제 여인들의 얼굴을 그려넣고 '브렉 걸스'라고 불렀다. 이후 자기네가 후원한 '미국의 주니어 미스' 콘테스트에서 뽑힌 소녀들이 브렉 걸스의 주축을 이뤘다.

던 것을.

나는 기억한다, 늦은 오후 방 안에 들던 밝은 주황색 햇빛을. 수평으로 깔리면서.

나는 기억한다, 「6만 4,000달러짜리 질문」[125]과 관련된 스캔들을.

나는 기억한다, 항상 냉장고 문을 열던 그 여자를.[126]

나는 기억한다, 아침이면 울타리에 피어 있던 하늘색 나팔꽃을. 나팔꽃은 항상 나를 놀라게 한다. 그것들은 내가 전혀 예상하지 못했던 곳에 핀다.

나는 기억한다, 본드 제빵회사에 견학을 가면 나눠주던 실제 빵의 축소판을.

나는 기억한다, 토막이 나서 음식물 찌꺼기 디스포저로 처리되는

---

125) The $64,000 Question. 1955년부터 58년까지 CBS-TV에서 방송했던 퀴즈 프로그램. 도전자가 문제를 맞혀감에 따라 상금이 두 배씩 늘어나는 방식으로 큰 인기를 모았으나, 광고주가 개입하여 자기들이 바람직하다고 생각하는 도전자에게 유리하도록 출제 과정을 조작했음이 드러난 뒤 폐지됐다.
126) TV의 냉장고 CF들에서는 대개 여자가 나와 해당 제품의 문을 열어 보여주곤 하는데, 그런 여자 중 하나를 가리키는 것 같다.

시체에 관한 이야기들을.

　나는 기억한다, 핼러윈에 면도날을 사과 속에 감춰놓는다는 이야기를. 또 팝콘 볼 속에 핀이나 바늘을 숨겨놓는다는 이야기도.

　나는 기억한다, 레스토랑 주방에서 어떤 일이 벌어지는지에 대한 이야기를. 수프에 침을 뱉는다거나, 샐러드에 대고 자위를 한다거나 하는 따위의.

　나는 기억한다, 간이식당을 하는 어떤 부부에 관한 이야기를. 남편이 부인을 죽인 다음 시신을 갈아서 햄버거용 고기에 넣었다. 그러던 어느 날 그 식당에서 햄버거를 먹던 한 남자가 고기 속에서 여자의 손톱 조각을 발견했다. 그렇게 남편이 덜미를 잡혔다는 것이다.

　나는 기억한다, 라나 터너[127]가 드러그스토어에서 탄산음료를 홀짝거리는 모습이 사람들 눈에 띄었던 일을.

　나는 기억한다, 록 허드슨[128]이 트럭 운전사였던 것을.

---

127) Lana Turner(1921~95). 팜 파탈의 이미지로 TV와 영화에서 활약한 배우. 여덟 번의 결혼을 비롯하여 굴곡 많은 사생활로도 유명하다.
128) Rock Hudson(1925~85). 미남 배우로 1950년대와 60년대에 할리우드 최고 스타

나는 기억한다, 베티 그레이블[129]이 담배도 피우지 않고 술도 마시지 않고 할리우드 파티에도 가지 않았다는 것을.

나는 기억한다, 도장부스럼이 유행해서 나도 걸릴까 봐 무서워 죽을 지경이었던 것을. 그것에 일단 걸리면 머리를 박박 밀고 두피 전체에 녹색의 약 같은 걸 발라야 했다.

나는 기억한다, 분수식 식수대를. 처음에는 아주 약하게 나오다가 얼굴을 가져다 대면 갑자기 물이 솟구쳐 올라 콧속까지 찔렀다.

나는 기억한다, 초등학교 시절 사서 선생님이었던 미스 피바디를. 수업을 시작할 때마다 우리는 입을 모아 "안녕하세요, 피바디 선생님!"이라고 인사해야 했다. 하지만 우리는 "안녕하세요, *피이-바디* 선생님!"이라고 했다.[130] 이에 대해 선생님이 아무 말이 없었던 걸 보면 아마 그냥 무시하기로 했던 모양이다. 그녀는 키가 아주 크고 매우 말랐으며, 머리에 언제나 매고 있는 리본이나 스카프 밖으로 풍

중 하나였다. 일찍부터 동성애자라는 소문이 있었으나 확인되지 않다가 1985년 사망하기 직전에 에이즈 환자임이 알려져 충격을 주었다.

129) Betty Grable(1916~73). 1940~50년대에 활약한 배우, 가수이자 댄서. 당대의 섹스 심벌·핀업 걸이었으며, 1940년대 중반 한때는 미국에서 최고의 대우를 받는 연예인이었다.

130) 원래 이름은 'Peabody'인데 아이들이 놀려먹기 위해 'pea'를 '오줌 (누다)'라는 뜻의 'pee'로 바꿔 'Pee-body'라고 발음한 것이다.

성한 은회색 곱슬머리가 넘실거렸다.

나는 기억한다, 야구 시즌의 체육 시간에 타석에 서는 것을 피하는 모종의 방법들을.

나는 기억한다, 체육 수업이 '자유 시간'일 때는 대개는 죽마 놀이를 하던 것을.

나는 기억한다, "너 셔츠 자락에 불났다!" 하고는 상대의 셔츠를 잡아당겨 빼고 "이제 꺼졌다!"[131]라고 하던 것을.

나는 기억한다, "남대문 열렸다"라는 말을. 아니 "동대문"이었을지도. 어쩌면 둘 다이거나.

나는 기억한다, '화장실 편지지'[132]라는 말을.

나는 기억한다, 같이 구입할 다른 물건이 여러 가지 있으면 몰라

---

131) "Now it's out!"인데, 이는 'out'의 두 의미를 오가는 말장난이다. "셔츠 자락이 나왔다"와 "불이 꺼졌다" 두 가지로 해석할 수 있으므로.

132) bathroom stationery. 흔히 쓰이진 않지만 화장지(toilet paper)의 속칭 중 하나인데, 'stationery'는 본디 '편지지, 지필묵류, 문방구'의 뜻이어서, 이 어구의 뜻을 착각하는 사람들도 있었다.

도 동네 구멍가게에서 화장지만 사기는 거북했던 것을.

나는 기억한다, 톰과 딕, 해리에 관한 농담을. "톰의 딕은 해리하다"[133]로 끝나는.

나는 기억한다, '역겨운' 농담들을.

나는 기억한다, 메리 앤 농담 시리즈를.

나는 기억한다, "엄마, 엄마, 난 남동생이 싫어요." "메리 앤, 그만 닥치고 주는 대로 먹어!"[134]라는 농담을. (메리 앤 농담 중의 하나다.)

나는 기억한다, 한번은 병원에 소변 샘플을 갖다 내야 했는데 그때 병 속의 소변이 얼마나 노랗고 뜨뜻했는지를.

나는 기억한다, 자꾸 흘러내리기만 하던 양말들을.

---

133) "Tom's dick is hairy." 'Dick'은 속어로 남성 성기를 뜻하고, 'Harry'는 털이 많다는 뜻의 'hairy'와 발음이 비슷한 데 착안한 말장난이다.
134) 식탁에서 무엇이 싫다(I don't like~)고 하면 그 대상이 대체로 음식이라는 점에 이 농담의 포인트가 있다. 메리 앤은 음식 아닌 남동생이 싫다고 했는데 엄마는 제대로 듣지도 않고는 싫다는 소리 말고 주는 대로 먹으라고 야단쳤으니 결국 '동생을 싫다 말고 먹으라는' 얘기가 된다.

나는 기억한다, 「신사는 금발을 좋아한다」[135]에 등장하는 아주 굵고 낮은 목소리의 작은 소년을. (개구리 같았다.)

나는 기억한다, 「붉은 벨벳 그네」[136]라는 제목의 영화에 나오는 붉은 벨벳 그네를.

나는 기억한다, 한번은 의사 앞에서 바지를 내리고 고추를 보여줘야 했던 것을. 고추는 온통 벌겋게 부르터 있었다. 벼룩에게 된통 물린 것이다. (상당히 망신스러웠다.)

나는 기억한다, 어째서들 의사가 되고 싶어 하는지 궁금해하던 것을. 지금도 궁금하다.

나는 기억한다, 뭐든지 남에게 주어버리는 바람에 늘 곤란에 처했던 것을.

나는 기억한다, 언젠가 비싼 장난감 한 아름을 돌멩이 하나, 주머

---

135) *Gentlemen Prefer Blondes*. 당대의 두 글래머 스타였던 메릴린 먼로와 제인 러셀이 주연한 1953년도 영화. 부와 사랑을 좇아 미국과 파리를 오가는 두 쇼걸의 이야기로, 코미디와 멜로드라마, 뮤지컬이 혼합되어 있다.
136) *The Red Velvet Swing*(정식 제목은 *The Girl in the Red Velvet Swing*). 1955년도 영화로, 20세기 초 미국의 미술 모델 겸 배우 이블린 네스빗을 둘러싼 스캔들을 소재로 만들어졌다.

니칼 하나와 맞바꾼 것 때문에 정말로 큰 곤욕을 치렀던 일을.

나는 기억한다, 반들반들한 다리에 중국 화병처럼 거미줄 같은 금이 가 있던 초등학교 때의 어떤 여자애를.

나는 기억한다, 한번은 무언가를 땅에 묻으면서 언젠가 누군가가 이것들을 발견하고 깜짝 놀라리라 생각했던 것을. 하지만 며칠을 못 견디고 도로 파내고 말았다.

나는 기억한다, 레녹스 도자기 회사[137]가 자기네 제품을 취급하는 우리 지역 상점과 연계하여 수필 콘테스트를 열었던 일을. 레녹스 도자기에 대해 가장 훌륭한 수필을 쓴 사람은 식기 세트 한 벌을 골라서 무료로 받게 돼 있었는데, 그 상품을 누군가 받았다는 기억이 없다. 무슨 사정에선지 그 콘테스트가 중도에 취소된 게 아닌가 싶다.

나는 기억한다, 스퀘어 댄스[138]와 '텍사스 스타'를.

나는 기억한다, 여동생이 공주 놀이를 할 때 입던 오래된 감청색

---

137) Lenox. 1889년 설립된 미국의 대표적인 도자기 회사. 식기에서 장신구류까지 다양한 제품을 만든다.
138) square dance. 네 쌍의 남녀가 하나의 사각형을 이루어 추는 포크 댄스. '텍사스 스타'는 이 춤의 한 종류다.

드레스를. *나도* 그 드레스를 차려입었던 적이 있었음을 기억한다.

나는 기억한다, '물려 입은' 옷들을.

나는 기억한다, 피그 라틴[139]을.

나는 기억한다, 지역 도서관에서 주는 '증명서'를 받기 위해 여름마다 열두 권씩 책을 읽던 일을. 독서 따위는 안중에도 없었지만 증명서를 받는 것은 정말 좋았다. 글자가 크고 그림이 많은 책들을 골라 읽었던 기억이 난다.

나는 기억한다, 귀앓이를. 면봉과 뜨거운 오일도.

나는 기억한다, 으깬 감자에 씹히는 덩어리가 하나라도 있으면 싫어했던 것을.

나는 기억한다, 「하우디 두디」와 「오늘 하루는 여왕」을.[140]

---

139) pig Latin. 다른 사람들이 알아듣지 못하도록 단어를 변형하는 영어의 말놀이이자 일종의 은어 생성법. 예컨대 자음으로 시작하는 단어의 경우, 어두의 자음(군)을 어미로 돌리고 그 뒤에 'ay[발음 ei]'를 덧붙인다(pig→igpay, banana→ananabay, happy→appyhay). 라틴어와는 아무 관련이 없다.

140) 「하우디 두디(Howdy Doody)」는 1947년부터 60년까지 NBC-TV에서 방송된 어린이 프로그램으로, 제목과 같은 이름의 꼭두각시 등 여러 인형이 사람과 함께 등장

나는 기억한다, IQ 테스트를 받았는데 평균 이하의 점수가 나왔던 것을. (지금까지 누구에게도 이 얘기를 한 적이 없다.)

나는 기억한다, 몸에 꼭 맞는 칠부바지를.

나는 기억한다, 파리를 잡아 죽이는 게 옳은지 그른지에 대해 생각했던 것을.

나는 기억한다, 내가 두세 가지 소원을 빌어 이루어질 수 있다면 어떤 것을 빌어야 할까 상상해보던 것을. (백만 달러라든가 소아마비 박멸, 세계 평화 같은.)

나는 기억한다, 라커 룸을. 그 특유의 냄새도.

나는 기억한다, 젖은 발자국이 어지럽게 나 있는 짙은 녹색의 시멘트 바닥을. 얄팍한 흰 타월들을. 그리고 지나치게 '두리번거리지' 않아야 한다는 것을.

한다 「오늘 하루는 여왕(Queen for a Day)」은 NBC(1956~60)와 ABC(1960~64)에서 TV로 방송한 게임쇼다. 일반 여성들이 나와 자신이 겪은 어려운 사연을 들려주면 방청객의 박수 정도를 기준으로 우승자를 뽑아 요청한 도움을 주는 한편 많은 선물도 안겼다.

나는 기억한다, 물건이 엄청나게 거대했던 한 아이를. 자신도 그것을 알고 있었다. 그는 항상 맨 마지막에 옷을 입었다. (양말을 맨 먼저 신고.)

나는 기억한다, 나는 먼저 옷을 다 입고 마지막에 양말을 신었던 것을.

나는 기억한다, 진 켈리[141]는 바지 앞 가운데가 불룩하지 않았던 것을.

나는 기억한다, 제인 러셀이 「프렌치 라인」[142]에 입고 나왔던 의상이 불러일으킨 물의를.

나는 기억한다, 『에스콰이어』[143] 잡지에 접어 넣는 페이지로 실린, 제인 러셀이 한쪽 어깨를 드러내고 짚더미 속에 비스듬히 누워 있는 컬러 핀업 사진을.

---

141) Gene Kelly(1912~96). 호감 가는 이미지와 곡예에 가까운 춤 솜씨로 1950년대 할리우드 뮤지컬 영화의 전성기를 이끈 배우. 「사랑은 비를 타고(Singin' in the Rain)」(1952)가 특히 유명하다.
142) The French Line. 1954년 3-D로 제작된 뮤지컬 영화로, 주연인 제인 러셀(Jane Russell, 1921~2011)이 입은 수영복에 가까운 의상과 노골적인 장면들 때문에 종교계에서 보이콧 운동을 벌이기도 했다.
143) Esquire. 1933년에 창간되어 지금까지 발행되는 남성 잡지.

나는 기억한다, 베티 그레이블의 다리가 100만 달러짜리 보험에 들어 있었다는 것을.

나는 기억한다, 제인 맨스필드[144]가 엄청나게 큰 분홍색 푸들 두 마리와 함께 분홍 캐딜락에 앉아 있는 사진을.

나는 기억한다, 오스카 레반트[145]의 피아노 연주곡들이 얼마나 길었는지를.

나는 기억한다(고 생각한다), '빅 딕(Big Dick)'[146]이라는 이름의 캔디바를.

나는 기억한다, '월급날(Payday)'이라는 캔디바를. 먼저 바깥쪽의 땅콩을 다 떼어 먹고 나서 가운데 알맹이를 먹었다.

나는 기억한다, 막대기에 커다랗고 쫄깃쫄깃한 갈색 덩어리가 붙어 있어서 빨아먹다보면 아주 뾰족하게 만들 수도 있었던 과자를.

---

144) Jayne Mansfield(1933~67). 『플레이보이』 잡지의 누드모델로 출발하여 브로드웨이와 할리우드에서 활동한 글래머 배우. 분홍색 사랑이 유별나 자택도 온통 분홍색으로 치장하고 '핑크 팰리스'라 불렀다.
145) Oscar Levant(1906~72). 재즈 피아니스트이자 배우. 신랄하고 위트 있는 말솜씨로도 유명하다.
146) '큼직한 음경'이라는 뜻도 된다.

나는 기억한다, 주로 영화관에서 팔던 *아주* 쫄깃한 종류의 캔디를. (초콜릿을 씌운 캐러멜 캔디들을 노란 갑에 담아 팔았다.) 이에 들러붙기도 했다. 어찌나 오래 씹어야 했던지 한 갑이면 영화 한 편을 다 보도록 먹을 수 있었다.

나는 기억한다, 뉴스 영화가 얼마나 지루했는지를.

나는 기억한다, 헨리라는 이름의 소년을. 그 애는 '리츠' 영화관의 2층 발코니 석에서 웩웩 구역질 소리를 내며 팝콘을 집어넣은 오렌지 소다를 아래쪽으로 쏟아부었다고 했다.

나는 기억한다, 이런저런 사람들이 화장실을 사용하는 모습을 상상해보려 했던 것을.

나는 기억한다, 성냥불에 대고 방귀를 뀌면 푸른 불꽃이 크게 인다는 얘기를 누군가 내게 해주었던 것을.

나는 기억한다, 여자애들도 방귀를 뀌는지 궁금했던 것을.

나는 기억한다, 구슬치기를.

나는 기억한다, 구슬치기를 했던 일보다는 구슬을 가지고 있었던 것을 더 선명하게.

나는 기억한다, 규칙을 끝내 제대로 알지 못한 채 사방치기 놀이를 했던 것을.

나는 기억한다, TV 위 벽에 걸려 있던, "신이여, 담보 잡힌 우리 집에 축복을 내리소서"라고 쓰인 장식판을.

나는 기억한다, 연녹색의 공책 용지를. (흰색보다 눈에 좋다고 했다.)

나는 기억한다, 학교 식당을. 식기들이 달그락거리는 소리. 층층이 쌓여 있는 이 빠진 갈색 식판들. 작은 우유 팩들. 그리고 네모지게 잘라놓은 빨간 젤로[147]를.

나는 기억한다, 학교 식당에서 일하는 여자들은 헤어네트를 써야 했다는 것을.

나는 기억한다, 프루트칵테일을.

---

147) jello. 과일 등의 맛과 향을 낸 디저트용 젤리. 본디는 상표(Jell-O)인데 보통명사처럼 쓰인다.

나는 기억한다, 몸이 아플 때는 치킨 누들 수프를 먹는다는 걸.

나는 기억한다, 내가 아주 어렸을 적 어느 백화점에서는 물건을 사고 치른 돈을 여점원이 원통형 용기에 넣으면 그것이 일련의 관을 통해 이동했던 것을. 용기는 잠시 후 '댕' 소리를 내며 되돌아왔고, 거스름 돈이 담겨 있었다.

나는 기억한다, 세인트루이스의 한 대형 백화점에서 21달러가 든 검정색 동전 지갑을 주웠던 일을. 나는 지갑을 주웠다고 신고했지만 잃어버렸다는 사람이 나오지 않아 그냥 내가 갖게 되었다.

나는 기억한다, 맨발로 돌아다니면 감기에 걸리기 딱 좋다는 것을. 잠을 충분히 자지 않는 것, 젖은 머리로 밖에 나가는 것도 마찬가지고.

나는 기억한다, '흑인 거주 지역'을. (털사의.)

나는 기억한다, "크고 번쩍거리는 캐딜락을 몰고 다니는 흑인들은 대개 다 쓰러져가는 판잣집에 산다"라는 말을.

나는 기억한다, 흑인들이 처음 백인 동네로 옮겨 오던 때를. 흑인이 동네로 이사 오면 부동산 가격이 폭락할까 봐 모두들 얼마나 질색을 했는지도.

나는 기억한다, 풍선껌을. 커다랗게 풍선을 불던 것을. 머리카락에 붙은 껌을 떼어내려 애쓰던 일도.

나는 기억한다, 손가락에 말라붙은 본드를 떼어 먹던 것을. (냠냠.)

나는 기억한다, 매니큐어 냄새를. (어찌나 좋던지.)

나는 기억한다, 바닥에 자국을 남기는 새 구두의 까만 뒤축을.

나는 기억한다, 뱃속에서 물이 출렁거리는 소리를 처음으로 듣고 (달리던 중이었다) 종양이 생긴 건지도 모른다고 생각했던 것을.

나는 기억한다, 사람들의 목숨을 앗아간 화재가 자기 탓에 일어났다면 얼마나 끔찍할까 생각했던 것을. 자동차 사고도 그렇고.

나는 기억한다, 아주 어릴 적 『라이프』지[148]에서 본 사진을. 벌거벗은 몸에 불이 붙은 남자가 거리를 뛰어가고 있었다.

---

148) *Life*. 1883년 창간된 주간 잡지로, 1936년 『타임』 사주 헨리 루스가 인수한 후 사진 중심의 시사 주간지로 재편되었다. 1978년부터 월간으로 발행됐고, 우여곡절 끝에 2007년 웹사이트만 남기고 지면 발행을 중지했다. 2008년부터 구글과 함께 사진 아카이브를 운영하고 있다(600만 장 넘게 소장).

나는 기억한다, 아버지가 바늘로 내 손가락에 박힌 가시를 빼주려 하던 것을.

나는 기억한다, 낡은 버스나 낡은 객차에서 사는 공상을 하면서 어떻게 고쳐서 살까 궁리도 해보던 것을.

나는 기억한다, 애완용 원숭이를 키우면서 사람 옷을 입히고 어딜 가든 함께 다니는 공상을 하던 것을.

나는 기억한다, 있는지도 몰랐던 어느 친척에게서 큰돈을 상속받는 공상을 했던 것을.

나는 기억한다, 뉴욕에서 큰 성공을 거두는 공상을 해보던 것을. (펜트하우스에 살고 등등!)

나는 기억한다, 로어 이스트사이드[149]에서 살던 일을.

나는 기억한다, 2번가와 '래트너스'[150] 식당의 딸기 쇼트케이크를.

---

149) Lower East Side. 뉴욕 맨해튼의 남동쪽 구역. 1960년대에는 가난과 범죄에 시달리는 지역이었다.
150) Ratner's. 로어 이스트사이드에 100년 가까이(1905~2002) 있었던 식당. 유대교 율법을 따르는 음식만 팔았다.

나는 기억한다, 세인트마크스 영화관[151]을. (6시 이전에는 관람료가 45센트였다.) 빨간 팝콘 기계를. 노인들이 많았다는 것도.

나는 기억한다, 항상 검은 옷만 입던 '고양이 아줌마'를. 거기에다 여러 겹의 나일론 스타킹도. 한 겹 위에 또 한 겹, 그 위에 다시 한 겹. 그녀가 '고양이 아줌마'라고 불린 것은 매일 밤 돌아다니며 고양이들에게 먹이를 주었기 때문이었다. 머리는 어찌나 떡이 졌던지 도저히 빗이 들어가지 않을 듯 보였다. 무슨 일을 하느라 그러는지 그녀는 하루 종일 거리를 돌아다녔다. 종이봉투가 가득한 쇼핑 카트가 언제나 그녀와 함께했다. 그 봉투들 안에 잔뜩 든 게 무엇인지는 오직 신만이 아실 것이다. 그녀의 말로는, 로어 이스트사이드의 다른 지역들에도 고양이를 돌보는 고양이 아줌마들이 있다고 했다. 이 아줌마들이 어떤 식으로 조직되어 있었는지, 나야 알 길이 없다.

나는 기억한다, 일 년 내내 보이던 우크라이나식 부활절 달걀들을.[152]

나는 기억한다, 델리카트슨 진열창 안 얇고 납작한 판 모양의 살구 캔디를.

---

151) St. Mark's Theatre. 로어 이스트사이드의 이스트빌리지에 있었던 극장.
152) 달걀 표면에 보존 염색 기법으로 화려한 우크라이나 민속 문양들을 넣은 것. 우크라이나어로는 '피상카'라고 하는데, 장식성이 강한 만큼 오래 보존하게 마련이다.

나는 기억한다, '르 메트로'를. (시 낭송회가 열리던 2번가의 커피 숍.) 폴 블랙번[153]을. 그리고 피아노 위에 앉아 자기 시를 읽던 다이 앤 디 프리마[154]를.

나는 기억한다, 눈 내린 로어 이스트사이드가 얼마나 아름다웠는 지를. (그 강렬한 흑백의 대비.)

나는 기억한다, 크리스마스 시즌의 클라인 백화점[155]을.

나는 기억한다, '포크 시티'를. '맨 파워'를. 그리고 '더 스트랜드'에서 책을 팔던 것도.[156]

나는 기억한다, 팻 패짓과(그때는 팻 미첼이었다) 장을 보러 가서

---

153) Paul Blackburn(1926~71). 뉴욕을 중심으로 활동한 시인으로 비트 세대, 뉴욕 스쿨을 비롯한 다양한 유파와 교유하면서 문학적 영향을 미쳤다.
154) Diane di Prima(1934~). 시인이자 화가로 1950~60년대 초 뉴욕에서 활동하면서 비트 세대와 이후의 히피 세대를 이어주는 가교 역할을 했다고 평가받는다.
155) 정식 명칭은 에스 클라인(S. Klein)이다. 1960년대 뉴욕에서 시작해 미국 동부 지역을 중심으로 중저가 백화점들을 운영했다. 1978년 마지막 매장이 문을 닫았다.
156) 포크 시티(Gerde's Folk City)는 처음엔 레스토랑으로 시작했으나 곧 음악 클럽으로 변신하여 1960~70년대 포크와 록의 산실이 되었다. 1987년 문을 닫았다. 더 스트랜드(The Strand)는 뉴욕의 서점으로, 지금도 있다. '맨 파워(Man Power)'는 직업 소개소 같기도 하나 정확히는 알 수 없다.

그녀가 다른 데를 볼 때 외투 주머니에 스테이크를 슬쩍 넣어준 것을.

나는 기억한다, 백수들이 하루 일감을 얻으려고 찾는 바우어리 거리의 교회에 갔다가 브루클린에 있는 한 유대교 회당의 청소 일을 하게 된 것을. 하지만 그곳 랍비가 어찌나 역겹던지 한나절 일을 한 후엔 도저히 견딜 수가 없어서 그냥 '사라져버렸다.' (돈도 안 받고.)

나는 기억한다, 다른 대부분의 음반보다 작았던 레드벨리[157]의 음반을.

나는 기억한다, 들랜시 가를. 브루클린 다리를. 오차드 가, 스태튼 아일랜드 페리를. 늦은 밤 월스트리트 주변을 걸어 다니던 일을. (사람이 하나도 없었다.)

나는 기억한다, 애버뉴 B에서 바로 옆집에 살던 아주 늙은 남자를. 십중팔구 지금은 죽었을 것이다.

나는 기억한다, "어떤 두 개의 눈송이도 완전히 똑같지는 않다"라

---

157) Leadbelly(1888~1949, 본명 Huddie William Ledbetter). 열두 줄 기타 여주로도 유명했던 포크와 블루스 뮤지션.

는 말을.

나는 기억한다, 펠트를 오려 만든 낮잠 자는 멕시코인 모양의 장식이 등에 붙어 있는 멕시코산 펠트 재킷들을. 주머니에는 선인장 화분 모양이 붙어 있었다.

나는 기억한다, 7월 4일 독립 기념일을, 스파클러[158]를. 그리고 폭죽이 얼마나 위험한가에 대한 이야기들을.

나는 기억한다, 나에게는 스파클러만 허용되었던 것을. (그리고 나는 스파클러를 *원하는* 데 그쳤음을 기억한다.)

나는 기억한다, 눈을, 눈으로 스노크림[159] 만들던 것을, 그리고 눈사람 만들기에는 별로 운이 따르지 않았다는 것을.

나는 기억한다, 눈 속에 드러누워 팔다리를 퍼덕거려서 천사 자국을 만들던 것을.

---

158) sparkler. 작은 폭죽의 한 유형으로, 손잡이가 있어서 쥐고 흔들면 불꽃과 스파크 등이 일정한 시간 동안 발생한다. 여러 종류가 있다.
159) 깨끗한 눈에다 약간의 우유나 크림, 바닐라 따위 향미제, 설탕을 더해 아이스크림 비슷하게 만든 것.

나는 기억한다, 건초 마차 소풍과 파자마 파티를.

나는 기억한다, 레스토랑의 작은 크림 단지들을.

나는 기억한다, '동상' 놀이를. (누군가가 나를 빙빙 돌리다가 휙 놓으면 땅에 닿은 순간의 자세 그대로 가만히 있어야 하는 놀이였다.)

나는 기억한다, 등판에 용과 미국 국기가 수놓아져 있던, 일본에서 건너온 새틴 재킷들을.

나는 기억한다, 핑크 자몽이 큰 대접이었던 때를.

나는 기억한다, 체크무늬 담요를.

나는 기억한다, 롤러스케이트 열쇠를.

나는 기억한다, "기대하시라"라는 글귀를. 회사 야유회를. 차 두대가 들어가는 차고를. 그리고 거실 전망창을.

나는 기억한다, 감자 부대 경주[160]를.

---

160) potato sack race. 감자 부대(자루)에 두 발을 다 넣고 경주하는 것.

나는 기억한다, "막대기와 돌멩이는 내 뼈를 부러뜨릴 수 있지만, 말은 결코 나를 해칠 수 없어"라는 말을.[161]

나는 기억한다, 초록색 풀물이 든 무릎을.

나는 기억한다, 학교에서 연례 근검절약 글짓기 대회 같은 데에 낼 글을 해마다 써야 했던 것과, 한 번도 상을 타지 못했던 것을.

나는 기억한다, 아기가 어떻게 그런 작은 구멍으로 나올 수 있는 지 이해할 수 없던 것을. (지금도 잘 모르겠다.)

나는 기억한다, 공기놀이를.

나는 기억한다, '한 알 잡기'와 '두 알 잡기'와 '세 알 잡기'와 '바구니', '돼지우리', '담치기', '동네 한 바퀴', '튀기기', '두 번 튀기기'를.

나는 기억한다, '7'과 '14'와 '13'과 '21'과 '69'를.

나는 기억한다, 초능력을 갖게 되어 정확한 예언을 함으로써 사람

---

161) "Sticks and stones may break my bones but words will never hurt me." 영국의 동요 구절로, "남들에게서 못된 소리를 듣더라도 무시해 버리고 대응하지 말라"고 아이들에게 충고하는 것이다.

들을 놀라게 하는 몽상을 하던 것을.

나는 기억한다, 비행기 추락 사고를 예언했는데 아무도 들어주지 않았던 것을. (몽상 속에서.)

나는 기억한다, 자동차 안테나에 걸려 있던 라쿤 꼬리들을.[162]

나는 기억한다, 사사프라스[163] 차와 순무, 단감을.

나는 기억한다, 네잎 클로버를 찾아다니던 것을. 별로 오래가지는 못했지만.

나는 기억한다, 레이지 수전[164]을.

나는 기억한다, 편지 봉투의 발신인 주소를 '지구'와 '우주'로까지 확장하여 써 넣곤 했던 것을.

---

162) 1920년대쯤부터 꽤 오랫동안 미국에서는 라쿤이나 여우 등의 꼬리를 차의 안테나나 다른 부분에 걸어놓는 것이 주로 젊은이들 사이에서 유행했다. 자유분방함의 과시로, 또는 그저 멋으로 그랬는데, 진짜 아닌 모조품 꼬리를 걸기도 했다.
163) sassafras. 잎과 뿌리에서 향기가 나는 나무로, 각 부분이 약이나 향료, 차의 재료로 쓰인다.
164) Lazy Susan. 식탁 위나 식기장 안에 설치하는 회전식 거치대. 이것을 돌려서 멀리 있는 그릇을 자기 앞으로 가져온다.

나는 기억한다, 접시에 양상추를 깐 뒤 돌(Dole) 사의 고리 모양 파인애플 조각을 얹고 그 위에 코티지치즈를, 가끔은 체리까지 얹어 내던 샐러드를.

나는 기억한다, '한국'을.[165]

나는 기억한다, 잡지 뒷부분의 쪼그만 광고들에 등장하는, 작은 얼굴에 난 초대형 여드름들을.

나는 기억한다, 라인석이 박힌 화려한 요요를.

나는 기억한다, 언젠가 우리 집 담장 이편에는 비가 내리는데 저편에는 안 오던 것을.

나는 기억한다, 내 기대에 미치지 못했던 무지개들을.

나는 기억한다, 카드 테이블 위의 끝내 완성되지 못한 대형 퍼즐을.

나는 기억한다, 오레오 초콜릿 쿠키와 큰 잔에 담긴 우유를.

---

165) 브레이너드가 1942년생이니 한국전쟁(1950~53) 시기에 'Korea'를 처음 알게 됐을 법하다.

나는 기억한다, 바닐라 웨이퍼가 들어 있고 얇게 썬 바나나 슬라이스를 위에 얹은 바닐라 푸딩을.

나는 기억한다, 시폰 케이크를. 왜 가운데에 구멍이 *있어야* 하는지 궁금했던 것도.

나는 기억한다, 케이크가 다 됐는지를 보려고 어머니가 이쑤시개로 찔러보던 것을.

나는 기억한다, 빌려온 화채 그릇을.

나는 기억한다, 말하고 듣는 능력을 완전히 잃어서 의사소통을 하려면 쪽지를 써서 주고받을 수밖에 없는 상황을 상상해보던 것을. (재미있었다!)

나는 기억한다, 보청기를 낀 사람을 유심히 쳐다보지 않으려고 노력했던 것을. (아니면 무심코 바라보는 척하거나.)

나는 기억한다, (치아에 끼는) 교정기를. 그리고 고등학교의 어느 시점에는 그것이 신분의 상징이 되다시피 했던 것을.

나는 기억한다, 사람들 앞에서 코 푸는 것을 창피하게 여기던 것을.

나는 기억한다, 공공장소에서는 화장실이 어디 있는지 모르면 아예 가지 않았던 것을.

나는 기억한다, 여행 중에는 화장실 변기 시트 위에 화장지를 깔았던 것을. "혹시 모르니까."

나는 기억한다, '작은 거'와 '큰 거'를.[166]

나는 기억한다, 언젠가 내 자지와 불알을 꼼꼼히 살펴보고는 정말로 역겹다고 생각했던 것을.

나는 기억한다, 하룻밤 사이에 내 자지가 갑자기 커지는 상상을 해보던 것을. (의학적 수수께끼라 할 현상으로!)

나는 기억한다, 강제로 '일을 치러야만' 하게 되는 성적인 상상을.

나는 기억한다, 코카콜라 병에 얽힌 이야기들을.

나는 기억한다, 어디에선가 발기 시 음경의 평균 길이가 15~20 센티미터라는 것을 읽고 가장 가까이 있는 자를 집어 들었던 것을.

---

166) 영어 구어에서 소변은 'number one', 대변은 'number two'다.

나는 기억한다, 수녀와 양초, 지하실 아궁이에 던져지는 아기에 관한 이야기들을.

나는 기억한다, 솔리테어[167]를 하면서도 속임수를 썼던 것을.

나는 기억한다, 게임에서 때로 다른 사람들이 이기도록 놔두었던 것을.

나는 기억한다, 거짓말을 할 때 손가락을 등 뒤에서 십자가처럼 꼬던 것을.[168]

나는 기억한다, 안 웃기는 만화책(comic book)은 '코믹 북'이라고 불러서는 안 된다고 생각하던 것을.

나는 기억한다, 자동차의 뒷좌석을 커튼과 접이식 조리대 따위를 갖춘 '생활공간'으로 만드는 상상을 해보던 것을.

나는 기억한다, 어른이 되어 아이를 입양하는 상상을 해보던 것을.

---

167) solitaire. 혼자서 하는 카드 게임.
168) 가운뎃손가락을 집게손가락 위로 꼬는 것으로, 행운을 비는 몸짓이다.

나는 기억한다, 노인이 되면 내가 어떤 모습일까 머릿속에 그려보려 했던 것을.

나는 기억한다, 늙은 여자들이 신던 불투명한 살색 스타킹을.

나는 기억한다, 어떤 늙은 부인들의 '코끼리 발목'을.

나는 기억한다, 사촌에게 홀딱 반했는데 어머니가 사촌끼리는 결혼할 수 없다고 하기에 "그런데 *왜* 사촌이랑 결혼하면 안 되나요?" 했더니 "법에서 그렇게 정했으니까" 해서 "하지만 *왜* 법에서 그렇게 정했나요?" 하는 등 계속 캐물었던 일을.

나는 기억한다, 흑인과 백인이 결혼하면 흑과 백이 섞여 얼룩덜룩한 아기가 나올 수도 있다는 소문이 돌았던 것을.

나는 기억한다, 자기 입술을 말아 올리고 (이른바 '검둥이 입술'을 만들고) 그 상태를 유지할 수 있었던 남자애를.

나는 기억한다, 입술에 묻은 하얀 마시멜로 가루를.

나는 기억한다, 테디라는 이름의 덩치가 아주 큰 남자애를. 그 애 어머니 다리에 털이 얼마나 많았는지도. (스타킹 밑으로 납작하게 눌린 길고 시커먼 털이.)

나는 기억한다, 장편 영화가 시작되기 전에 보여주던 대그우드와 블론디[169] 단편들을.

나는 기억한다, 장편 영화가 시작되기 전에는 캔디를 먹지 않기로 자제했던 것을.

나는 기억한다, 대규모 전투 장면들을. 그런 장면을 찍으면서 어떻게 부상자가 숱하게 나오지 않았는지 이해할 수 없었던 것도.

나는 기억한다, 그런 영화에 나오는 병사들의 샌들이나 짧은 치마[170]가 전쟁을 하는 데는 상당히 부적합하다고 생각하던 것을.

나는 기억한다, 초기의 '예술' 영화가 온통 흑백이었음을.

나는 기억한다, 주로 벽지에 초점을 맞추던 베드신들을.

---

169) Dagwood and Blondie. 만화가 칙 영(Chic Young)이 1930년에 연재를 시작한 만화 *Blondie*의 주인공인 범스테드 부부. 칙 영 사후엔 아들 딘 영이 제작 지휘를 맡아 아직도 많은 매체에 게재되고 있다. 라디오와 TV 드라마, 장·단편 영화늘로 제작되기도 했다.
170) 영화에 등장하는 그리스나 로마 병사들의 의상을 말하는 것.

나는 기억한다, 「공중 트래피즈」[171)에 나오는 지나 롤로브리지다의 한 줌밖에 안 되는 허리를.

나는 기억한다, 베드신들에서 카메라의 시선이 창문을 벗어나 철썩거리는 파도 소리를 배경으로 저 아래 바다까지 내려가곤 하던 것을.

나는 기억한다, 한쪽으로 완전히 빗어 넘겨 윗부분은 탄탄하게 평평한 제인 러셀의 헤어스타일을.

나는 기억한다, 록 허드슨과 찰리 채플린, 린든 존슨[172)의 '거대한 성기'에 관한 얘기를.

나는 기억한다, 말런 브랜도가 첫 배역을 따기 위해 어떤 일을 해야 했던가에 관한 소문을. [173)

나는 기억한다, 말런 브랜도는 성기가 작았기 때문에 동양 여자를

---

171) *Trapeze*. 서커스를 배경으로 한 1956년 영화. 당대의 섹스 심벌 중 하나였던 이탈리아 여배우 지나 롤로브리지다(Gina Lollobrigida, 1927~)가 처음으로 출연한 할리우드 영화다.
172) Lyndon B. Johnson(1908~73). 미국의 36대 대통령.
173) 모종의 성적 서비스를 언급하는 듯하다. 성적 욕구가 왕성했으며 양성애자로 소문났던 말런 브랜도(Marlon Brando, 1924~2004)는 한 인터뷰에서 동성애 경험을 시인한 바 있다.

그렇게 좋아했다는 소문을.

나는 기억한다, 「달콤한 인생」[174]을 보고 난 후 거기 나오는 온갖 상징적 장면들의 의미가 도대체 무엇인가를 놓고 팻 패짓과 론 패짓, 테드 베리건과 벌였던 한바탕의 토론을.

나는 기억한다, 문 아래 틈으로 보이던 발 그림자를. 그리고 서서히 돌아가는 문고리의 클로즈업을.

나는 기억한다, 누군가가 밤늦게 잠자리에서 빠져나와 혼자서 성 안을 배회하는 장면을 보며 안달하던 것을(화를 자초하는 짓이지). 안전한 자기 방에 그냥 있지 않고.

나는 기억한다, 엉망이 되어야 할 순간에도 멀쩡하던 머리 모양을.

나는 기억한다, 입술로 모터보트 시동을 걸 듯 부르릉거리면 코가 간질간질해지던 것을.

나는 기억한다, 사람을 잡아먹는 정글 식물들을.

---

174) *La Dolce Vita*. 페데리코 펠리니 감독, 마르첼로 마스트로얀니, 아니타 네크베리, 아누크 에메 주연의 1960년도 이탈리아 영화. 그해 칸 영화제에서 황금종려상을 받았다.

나는 기억한다, 분필 같은 담배 모양 캔디를.

나는 기억한다, 자동차 글러브 박스에서 이전에 봤을 땐 분명히 없었던 물건을 나중에 찾았던 일을.

나는 기억한다, 쾅 소리를 내며 닫히던 스크린도어를. 그리고 "너 때문에 또 파리가 들어왔잖아"라는 말을.

나는 기억한다, 탭댄스 발표회들을.

나는 기억한다, 팝시클[175] 쿠폰을. 발레리나 종이 인형을. 그리고 카니발 글라스[176]로 만든 돼지 저금통을. 이 저금통에서 돈을 빼내려면 거꾸로 들고 흔드는 수밖에 없었다.

나는 기억한다, 혀를 쏙 내밀던 광대 모양의 양철 저금통과 모자를 까딱하며 인사하던 원숭이 저금통을.

나는 기억한다, 모자에 달려 얼굴 위로 드리우는, 보송보송한 작은 도트가 점점이 박혀 있는 베일들을.

---

175) popsicle. 주로 과일 맛이 나는 빙과로 우리의 '아이스캔디'나 '아이스바'에 해당한다. 본디는 상표명이었다.
176) carnival glass. 다양한 무지개 빛깔을 넣은 가압 성형 유리.

나는 기억한다, 의사 진행 절차를. 선다형 문제들을. 그리고 종이 장벽[177]을.

나는 기억한다, '애스퍼검'[178]을. 그리고 무무[179]를. 학교에서 '퀘이커' 오트밀[180] 상자로 부활절 바구니를 만들던 것을.

나는 기억한다, 양말 바닥에 바로 가죽 밑창을 꿰매어 붙인 것 같은 실내화를.

나는 기억한다, 건드리면 공처럼 말리던 쥐며느리를.

나는 기억한다, 봄이 오면 맨 처음 꽃을 피우던 그 노란 덤불을.

나는 기억한다, 아주 어릴 적 어떤 어른에게 커서 소방관이나 카우보이가 되고 싶다고 말했던 것을. 둘 중 어느 하나라도 정말 되고 싶었는지는 기억이 나지 않는다.

---

177) paper curtain. 불필요하게 번거로운 서류 절차로 일의 진행이나 정보 흐름을 방해하는 관료주의의 장벽(장막)을 뜻한다.

178) Aspergum. 아스피린 성분이 들어 있는 껌의 상표로 1928년 판매를 시작했다.

179) muumuu. 어깨선부터 헐렁하게 내려오고 색채와 무늬가 화려한 드레스로, 본디 하와이 민속 의상이다.

180) Quaker oatmeal. 1901년 창립된 퀘이커 오츠 사에서 생산하는 시리얼이다.

나는 기억한다, 제인과 딕과 샐리와 바둑이와 친절한 경찰 아저씨, 그리고 "달려, 달려, 달려"를.[181]

나는 기억한다, 여러 교실에 걸려 있던, 아랫부분은 미완성인 조지 워싱턴의 초상을.[182]

나는 기억한다, 오크라[183]와 옥수수 가루, 간, 시금치를.

나는 기억한다, 당근은 눈에 좋고 콩을 먹으면 방귀가 나온다는 것을.

나는 기억한다, 고양이는 목숨이 아홉 개라는 것을.

나는 기억한다, "하루 사과 한 알이면 의사가 필요 없다"는 말을.

---

181) 미국에서 1930년대부터 1970년대까지 발행된 어린이용 시리즈 『딕 앤드 제인(*Dick and Jane*)』에 나오는 이름들이다. 쉬운 단어를 반복하며 읽기를 배울 수 있도록 구성되었다. 딕과 제인이 주인공이고 샐리(Sally)는 동생, 바둑이(Spot)는 그들의 강아지다.
182) 조지 워싱턴과 동시대의 화가로 그의 초상을 많이 그린 길버트 스튜어트(Gilbert Stuart, 1755~1828)의 유명한 작품(1796). 목과 어깨 윗부분까지 그리다 만 미완성작인데, 1달러 지폐의 워싱턴 얼굴이 이것이다. 이 그림을 원하는 사람이 워낙 많아서 완성 않은 채 밑들과 함께 복사본을 130장이나 그렸다고 한다.
183) okra. 아욱과의 식물로 다양한 요리에 쓰인다.

나는 기억한다, 뻥튀기 대포에서 튀어나오는 쌀 튀밥을.

나는 기억한다, '스냅, 크래클, 팝'[184]을

나는 기억한다, 집 모양으로 생겨서 피우던 담배를 (그 문 안으로 걸치게) 내려놓으면 굴뚝에서 연기가 나오던 재떨이를.

나는 기억한다, 빨간 코의 사슴 루돌프를.

나는 기억한다, 새가 올라앉은 모양의 이쑤시개 통인데 그 새의 꼬리를 건드리던가 어쩌던가 하면 부리로 이쑤시개를 집어주던 것을.

나는 기억한다, '방금 결혼했음'을 주제로 한 만화들을.

나는 기억한다, '망망대해 외딴 섬에 버려진' 사람을 주제로 한 만화들을.

나는 기억한다, 고등학교 연감[185]들과 거기에 사인하던 것을. 그리

---

184) 'Snap, Crackle, and Pop'. 켈로그 사의 시리얼 '라이스 크리스피'의 만화 마스코트들의 이름이다. 각 난어는 이 제품이 연상시키는 '딱, 우지직, 펑' 하는 소리와 그런 동작을 가리킨다.
185) yearbook. 졸업 앨범을 가리키기도 하나 여기서는 미국 각급 학교에서 매년 펴

고 "장미는 붉고, 바이올렛은 푸르고, 하느님은 내게 아름다움을 주셨고, 근데 너는 어떻게 된 거냐?"라는 글귀를.

나는 기억한다, 고등학교 어느 해 연감 속의 큼직한 단체 사진에서 뒷줄에 선 한 녀석이 가운뎃손가락을 곧추세워 엿 먹어라 하고 있던 것을.

나는 기억한다, 같은 해 같은 연감 속, 학교의 육상 스타가 달리는 사진을. 자세히 들여다보면 짧은 하의 아래로 성기의 끝처럼 보이는 것이 비어져 나와 있었다.

나는 기억한다, 「나의 아일랜드 야생 장미」[186] 노래를.

나는 기억한다, 일요일 신문 만화 면에서 '페니'[187]가 주위에 먹을 것을 잔뜩 쌓아놓고는 특이한 자세로 항상 전화 통화를 하고 있던 것을.

내는 연감을 말한다. 한 해 동안 학교에서 있었던 다양한 일들과 스포츠 팀을 비롯한 학생 조직들의 활동을 사진 위주로 기록하며, 교직원과 각 학년 학생들의 사진도 모두 담는 게 일반적인데, 졸업반 학생들에게 득히 많은 공간을 할애해 졸업 앨범의 성격도 지닌다. 인터넷과 소셜 미디어 시대에 들면서 연감을 책으로 발행하는 학교가 대폭 감소했다고 한다.
186) "My Wild Irish Rose". 아일랜드 출신 테너 가수 촌시 올컷(Chauncey Olcott, 1858~1932)의 삶을 그린 동명 영화(1947)의 주제가.
187) Penny. 『뉴욕 헤럴드 트리뷴』지에 연재되었던(1943~70) 동명 만화의 십대 여주인공.

나는 기억한다, 페니의 아버지는 항상 입에 파이프를 물고 있었다는 것을.

나는 기억한다, 우리 아버지의 숨결에 묻어나던 담배 냄새를.

나는 기억한다, 아버지가 수집한 제인 그레이[188]의 소설들과『메리를 꼬십시다』[189]라는 '상스러운' 책 한 권을.

나는 기억한다, 석고를.

나는 기억한다, 붉은 고무 틀에서 뽑아낸 다음 색칠을 하던 작은 석고 조각상들을.

나는 기억한다, 장식용 쿠션들을. 욕실 벽에 붙이는 스티커를. 다이아몬드 무늬 양말을. 창문 위 장식 커튼을. 그리고 타피오카 푸딩을.

---

188) Zane Grey(1872~1939). 서부를 배경으로 한 대중적인 모험 소설로 많은 팬을 거느렸던 작가다. 저서가 90권을 넘으며, 1911년부터 96년까지 그의 소설을 토대로 만들어진 영화가 112편이다.
189) Let's Make Mary. 야한 책들의 대부 중 하나로 꼽히는 잭 핸리(Jack Hanley)의 1937년 저서로, '신사를 위한 알기 쉬운 유혹 가이드 여덟 과(課)'라는 부제가 붙어 있다. 2011년에 재출간됐다.

나는 기억한다, 콜드크림을. "배앓이엔 텀스"[190]를. 또 「우리 브룩스 선생님」[191]을.

나는 기억한다, 「에이머스와 앤디」[192]를. 「아버지와의 생활」[193]을. 그리고 「말하는 노새 프랜시스」[194]를.

나는 기억한다, 화가들의 작업용 가운을. 간 모양으로 생긴 팔레트를. 그리고 까만색의 큼직한 나비넥타이를.

나는 기억한다, '마 앤드 파 케틀'[195]을. '주부습진'을. 리놀륨 바닥. 철망 울타리. '털북숭이 강아지 이야기'들.[196] 치장 벽토를 바른 집.

---

190) "Tums for the tummy". 1928년에 나온 위장약 텀스의 광고 문구로, 'tummy'는 '배'를 뜻하는 아이들 말이다.

191) Our Miss Brooks. 1948년 CBS 라디오에서 시작해 1950년대엔 TV에서도 방영된 시트콤. 냉소적인 고등학교 영어 선생님이 주인공이다.

192) Amos 'n' Andy. 1920년대부터 50년대까지 라디오와 TV로 방송된 인기 시트콤. 뉴욕 할렘 흑인들의 생활을 주된 소재로 삼았다.

193) Life with Father. 작가이자 만화가였던 클래런스 데이(Clarence Shepard Day, 1874~1935)의 동명 자서전(1935)을 소재로 만든 1947년 작 코미디 영화다.

194) Francis the Talking Mule. 말하는 노새 프랜시스가 나오는 1950년대 코미디 영화 시리즈(일곱 편)의 첫 편이다(1950).

195) Ma and Pa Kettle. 1940~50년대에 인기 높았던 코미디 영화 시리즈(10편)의 주인공 부부. 15명의 자녀를 둔 이들이 우연찮게 도시의 최첨단 가옥에서 살게 되면서 빌어지는 온갖 소동을 소재로 하고 있다.

196) shaggy dog story. 한참 장황하게 이어지다가, 듣는 이의 기대를 저버리며 시시하게 끝나는 이야기. 이런 것의 원형에 털북숭이 강아지가 등장하기 때문에 붙은 이

펜과 연필 세트. 팅커 토이스. 링컨 로그스.[197] 그리고 여자애들이 입는 빨간색 진 바지를.

나는 기억한다, 내가 한때 입었던 갈색 진 바지를.

나는 기억한다, 자기 성이 히틀러라면 얼마나 당혹스러울까 생각했던 것을.

나는 기억한다, 종이성냥첩 비슷한 크기의 하얀색 미니 성경책을.

나는 기억한다, 노아와 방주 이야기는 정말이지 *너무나* 극단적이라고 생각하던 것을.

나는 기억한다, "God Is Love Is Art Is Life"[198]라는 말을. 내 생각엔 고등학생 시절 내가 이 문장을 만든 것 같다. 아니면 론 패짓이 만들었거나. 어쨌든 당시 이 말이 엄청나게 심오하다고 생각했던 게 기억난다.

름이다.

197) Tinker Toys(정식 명칭 Tinkertoy Construction Set), Lincoln Logs. 팅커 토이스는 장난감 기계 조립 세트이고 링컨 로그스는 모형 건축 조립 세트다. 둘 다 1910년대에 처음 나왔다.

198) 신과 사랑과 예술과 삶을 동일시하는 말로(군이 풀어 쓰자면 "신은 사랑이고 사랑은 예술이며 예술은 인생이다."), 문법적으로는 맞지 않는 언어적 유회의 하나다.

나는 기억한다, 퀴어 바를.

나는 기억한다, 퀴어 바에서 벽에 기대서 있던 것을.

나는 기억한다, 퀴어 바에서 똑바로 서 있던 것을.

나는 기억한다, 퀴어 바에서 갑자기 내가 담배를 '어떻게' 쥐고 있는지를 의식하게 되었던 것을.

나는 기억한다, 꼬실 수도 있었을 남자를 거절당할 가능성 때문에 꼬시지 않는 나 자신이 마음에 들지 않았던 것을.

나는 기억한다, 마음에 드는 남자가 있으면 중간의 그 모든 시답잖은 절차는 치워버리고 그냥 다가가서 "우리 집에 같이 갈래요?"라고 물어보기로 어느 시점엔가 결심하고 실제 그렇게 해보았던 것을. 하지만 결과는 좋지 않았다. 한 번만 예외가 있었는데, 상대가 술에 취한 상태였다. 다음날 아침 그는 앞면에는 예수의 그림이, 뒷면에는 "사랑을 보내며, 예수"라고 사인이 되어 있는 카드를 남기고 떠났다. 그는 자기가 앨런 긴즈버그[199]의 친구라고 했다.

---

199) Allen Ginsberg(1926~97). 1950년대의 비트 세대와 이후 대항문화(counterculture) 운동의 중심인물 중 하나로 평가받는 시인. 시에서 동성애를 포함한 자신의 성경험을 다루어 논란을 불러일으키기도 했다.

나는 기억한다, 꽉 끼는 하얀 바지를. 서 있는 특정한 방식들을. 금발의 머리를. 그리고 얼룩지게 표백된 청바지를.

나는 기억한다, 바지 앞 '바구니'[200]를.

나는 기억한다, 왼쪽이나 오른쪽 바짓가랑이에 고이 모셔놓은 '보물단지'[201]를.

나는 기억한다, 표정 없는 예쁜 얼굴들을.

나는 기억한다, 시끄럽고 선정적인 음악을. 너무 많이 마신 맥주를. 흘깃 보는 눈길들을. 그리고 나 자신도 그런 게임을 한다는 게 못마땅했던 것도.

나는 기억한다, 그럼에도 불구하고 그런 게임을 즐겼던 것을.

나는 기억한다, 당구에 관심이 있는 척했던 것을.

---

200) basket. 달라붙는 바지(혹은 팬티, 수영복) 앞쪽으로 남성 성기가 불룩이 두드러진 것을 말한다. 그 모양이 바구니 같다고 해서 붙은 명칭으로, 게이들이 많이 쓰는 말이라고 한다.
201) jewels. 고환(불알)을 뜻하는 속어. 'family jewels'라고도 한다.

나는 기억한다, 한때 내가 꼬시려 했던 남자애를. 말문을 트느라 그에게 코가 멋지다고 했더니 그가 코를 좀 '손볼' 생각을 하고 있다기에 그러지 말라고 했다. 그는 그날 밤은 자기가 바쁘다며 내 전화번호를 받아 갔다. (하지만 연락은 없었다.) 아마 내가 심리학은 조금 우스꽝스럽다고 말한 것 때문에 김이 샌 걸지도 모른다. (그의 전공이 심리학이었다.) "너무 제멋대로지"라고 말했던 기억이 난다. (취한 상태였다.) 사실 그의 코는 좀 많이 큰 편이긴 했다.

나는 기억한다, 퀴어 바에서 집으로 돌아오는 길에 왜 좀 더 자신에 대해 믿음을 갖지 못하느냐며 스스로에게 야단을 쳐대곤 하던 것을.

나는 기억한다, (목소리가 괜찮으니까) 노래를 잘 할 수 있으리라 생각했었는데 실은 노래를 잘 못한다는 사실을 학생 시절 어찌어찌 알게 되었던 것을.

나는 기억한다, 피카소가 1881년에 태어났다는 것을. (사실들을 기억하는 데는 젬병이라 한번은 억지로 이 연도를 외웠고 그 후로는 확실히 기억하고 있다.)

나는 기억한다, "하얀 스포츠 재킷과 분홍 카네이션"[202]을.

---

202) "A white sports coat and a pink carnation". 가수 마티 로빈스(Marty Robbins,

나는 기억한다, 「드래그넷」[203]의 시작 부분에 나오던 "따-다-단-딴-딴" 소리를.

나는 기억한다, 셰익스피어를 외우느라 얼마나 고생을 했는지, 내가 암송할 차례가 되면 얼마나 떨렸는지를.

나는 기억한다, 셰익스피어를 외울 때 새 호흡으로 들어가는 구절의 앞머리에 내가 말을 더듬게 되는 소리(s나 b 등등)로 시작되는 단어가 오지 않도록 조심했던 것을. (내 말이 무슨 뜻인지 알겠는가?)

나는 기억한다, 샤르트뢰즈[204]를.

나는 기억한다, 내가 유난히 좋아했던 하늘색의 개버딘 바지를.

1925~82)가 작곡하여 1957년 발표한 노래의 되풀이되는 가사이자 제목.

203) Dragnet. LA 경찰서의 형사들을 주인공으로 하는 NBC 드라마. 라디오에서 시작해 1950년대엔 TV로 방송되고 영화로도 만들어졌으며, 이후 2000년대 초까지 세 차례나 TV 시리즈로 리바이벌됐다. 제목은 경찰 용어로 '수사망, 저인망 수사'를 뜻한다.

204) chartreuse. 술 이름이자 색깔 이름. 술은 증류주에 여러 약초를 더한 것으로, 리큐어(알코올에 설탕, 식물, 향료 등을 섞은 혼성주)의 여왕이라고도 하며 초록·노랑·하양의 세 종류가 있다. 또 하나의 뜻인 '연노랑, 연초록'은 이 술의 색깔에서 온 것이다. 브레이너드가 어느 쪽을 의미했는지는 분명치 않다. 술 이름은 내내 대문자로 시작하는데, 여기는 소문자로 되어 있는 데 의미를 둘 수도 있지만, 그와 무관하게 이 단어의 발음 자체가 기억에 각인됐을 수도 있다.

나는 기억한다, 부회장에 출마해 그 하늘색 개버딘 바지를 입고 선거 연설을 했던 것을. 나는 떨어졌다. 중학교 때였다.

나는 기억한다, 중학교 때, 인기가 워낙 많고 너무 예뻐서 나한테는 어울리지 않는 여자애에게 댄스파티에 같이 가자고 청했는데 "그러자"는 답을 들었던 것을. 하지만 우리가 파티장에 도착하자마자 그 애는 친구들 틈으로 사라져버렸고, 나는 저녁 내내 걔를 다시 보지 못했다. 이름이 낸시였던 것 같다. 맞아, 낸시였다.

나는 기억한다, 부회장 선거에서 나를 꺾은 여자애가 바로 낸시였다는 것을.

나는 기억한다, 주디를.

나는 기억한다, 주디한테 홀딱 반했었는데 나랑 같이 있는 것을 누가 보면 그녀가 당황한다는 걸 알고 다시는 데이트를 청하지 않았던 것을.

나는 기억한다, 빌 헤일리와 「록 어라운드 더 클락」[205]을.

---

205) "Rock Around the Clock". 로큰롤의 선두 주자 중 하나인 빌 헤일리와 코메츠 (Bill Haley & His Comets)가 1954년 발표한 곡. 이듬해에 영화 「폭력 교실(*Blackboard Jungle*)」의 주제가로 쓰이면서 빌보드 차트 1위에 올라 8주간 머물렀다.

나는 기억한다, 가느다란 금발찌를.

나는 기억한다, '백인 쓰레기'[206]라는 말을.

나는 기억한다, '올이 나간' 스타킹을.

나는 기억한다, 거울에 비친 나에게서 완전히 낯선 사람을 보았던
일을.

나는 기억한다, 스페인어 수업을 같이 듣는 한 남자애에게 반했던
것을. 그 애는 내게 있던 것과 똑같은, 놋쇠 버클이 달린 황록색 스웨
이드 구두를 가지고 있었다. ('플래그 브라더스'[207] 물건이었다.) 해
가 다 가도록 한 번도 그에게 말을 걸지 못했다.

나는 기억한다, 스웨터를 어깨에 두르고 선글라스를 머리에 꽂던 스
타일을.

---

206) white trash. 가난하고 계급적 위치가 낮은 (특히 미국 남부 농촌 지역의) 백인들
을 경멸조로 부르는 말. '도덕적으로도 문제가 있는 위험한 집단'이라는 내포를 담고
있다.
207) Flagg Brothers. 흑인을 주 대상으로 한 남성용 의류와 구두 회사. 첨단 스타일의 구
두로 유명했다.

나는 기억한다, 보트넥[208] 스웨터를.

나는 기억한다, "3달러짜리 지폐만큼 이상하다"[209]는 말을.

나는 기억한다, 나무로 만든 토큰[210]을.

나는 기억한다, 우표 수집용 힌지[211]를.

나는 기억한다, 학교 핼러윈 파티에서 컵케이크 위에 올리던 주황색 아이싱을.

나는 기억한다, 가을을.

<hr />

208) boat neck. 옷의 목둘레선(네크라인)이 옆으로는 길고 앞뒤로는 얕게 배 바닥 모양으로 파인 것.
209) "queer as a three dollar bill". 액면이 3달러인 지폐는 존재하지 않기에 나온 표현. 당초엔 그냥 이상하다는 말이었지만 '퀴어'가 동성애자를 가리키기도 하므로 근래엔 그런 사람을 형용하는 어구로 종종 쓰인다.
210) wooden nickel. 상점들이나 은행 같은 데서 주로 홍보·판촉을 위해 만드는 토큰. 박람회 따위의 기념품으로 제작하기도 하고, 음료 등 특정한 물품과 바꿀 수 있게 한 경우도 많다('nickel'은 5센트 백통전). 요즘엔 이것을 개인적으로 만들어 다른 이들의 것과 교환하는 사람이 많다고 한다.
211) (stamp) hinge. 우표를 우표첩에 붙일 때 손상을 줄이고 뒷면도 볼 수 있게 하려고 사용하는, 한쪽 면에 접착제가 발려 있고 경첩 모양으로 접힌 작은 파라핀 종이.

나는 기억한다, 학교에서 돌아오는 길에 보도 가장자리에 쌓인 낙엽을 헤치며 걷던 것을.

나는 기억한다, 낙엽 더미로 뛰어들면 먼지인지 뭔지 알 수 없는 게 풀풀 일던 것을.

나는 기억한다, 낙엽을 긁어모으던 일을. 하지만 그걸 태운 기억은 없다. 우리가 그 낙엽들을 '어떻게 하긴' 했는데 기억은 나지 않는다.

나는 기억한다, '인디언 서머'[212]를. 막연히 인디언이랑 관련이 있으리라 짐작했을 뿐, 여러 해 동안 그 의미가 무엇인지 몰랐다.

나는 기억한다, 필그림 파더스와 인디언들이 함께 모여 최초의 추수감사절 잔치를 벌이는 모습이 정확히 어떻게 내 머릿속에 그려졌는지를. (아주 흥겨운 모습으로!)

나는 기억한다, 동장군 잭 프로스트[213]를. 호박 파이. 조롱박들. 그리고 아주 파란 하늘을.

---

212) Indian summer. 미국이나 캐나다 등지에서 10월이나 11월에 계절에 맞지 않는 화창한 날씨와 높은 온도가 한동안 지속되는 기간
213) Jack Frost. 서리와 함께 찾아오는 강추위를 의인화한 것. 눈과 얼음으로 만드는 요정 같은 존재로, 모습은 꼬마에서 백발노인까지 다양하게 묘사된다.

나는 기억한다, 핼러윈을.

나는 기억한다, 주로 부랑자나 유령으로 분장했던 것을. 어느 해에는 해골 분장을 한 적도 있다.

나는 기억한다, 항상 10센트짜리 동전을 주던 어떤 집과 5센트짜리 캔디 바를 나눠주던 몇몇 집들을.

나는 기억한다, 핼러윈이 지나면 형과 마주앉아 전리품들을 다 펼쳐놓고 맞교환도 하던 것을.

나는 기억한다, 자루 밑바닥에는 항상 지저분한 캔디콘[214] 조각들이 무수했던 것을.

나는 기억한다, 호박등[215] 안에서 호박의 속살이 타던 (별로 좋지 않은) 냄새를.

나는 기억한다, 핼러윈 시즌의 주황색과 까만색 젤리빈을. 부활절 때의 파스텔 색상 젤리빈들도.

---

214) candy corn. 설탕과 옥수수 시럽 등으로 만든 옥수수 알 모양의 젤리형 캔디.
215) jack-o'-lantern. 호박의 속살을 파내고 눈, 코, 입 모양을 뚫은 뒤 그 안에 불을 밝히는 등.

나는 기억한다, '딱딱한' 크리스마스 사탕을. 특히 꽃무늬가 있던 것들을. 속에 잼 같은 것이 들어 있는 사탕은 별로 좋아하지 않았던 게 기억난다.

나는 기억한다, 새와 집과 사람 모양을 한 아름다운 독일제 크리스마스트리 장식물들을.

나는 기억한다, 크리스마스트리용 반짝이 실의 위험성을.

나는 기억한다, 12월이 오기도 전에 내 크리스마스 쇼핑 목록을 다 작성해 놓았던 것을.

나는 기억한다, 나는 선물을 준비하지 못했는데 상대가 나에게 선물을 주는 일이 생길까 걱정하던 것을.

나는 기억한다, 크리스마스 쇼핑을 마치고 집으로 돌아오는 길, 내가 산 것들에 대해 하나같이 흡족해했던 것을.

나는 기억한다, 로즈메리 클루니와 빙 크로스비, 그리고 "꿈속에 보는 화이트 크리스마스"[216]를.

---

216) "I'm dreaming of a white Christmas". 노래 「화이트 크리스마스」의 첫 구절. 1942

나는 기억한다, 크리스마스 캐럴을 들을 때마다 달콤하면서도 쌉싸름한 기분이 들곤 했던 것을. 속에 온통 따뜻한 기운이 퍼졌다.

나는 기억한다, 해마다 '메이시스' 백화점과 '김블스' 백화점과 자기가 산타클로스라고 생각하는 노인이 나오는 영화[217]를 본 것을.

나는 기억한다, 집집마다 다니며 크리스마스 캐럴 부르기가 끝난 후 마시던 핫초콜릿을.

나는 기억한다, 어느 해 크리스마스인가 어머니 선물로 작은 병에 든 샤넬 넘버 파이브 향수를 샀었는데 아버지에게 얼마를 주고 샀는지 말하고 나서는 그걸 물러야만 했던 일을.

나는 기억한다, 크리스마스이브에는 잠을 이루기 어려웠던 것을.

나는 기억한다, 선물에 가격표를 남겨둔 적이 두 번 이상 있었던 것을.

년 가수이자 배우인 빙 크로스비(Bing Crosby, 1903~77)가 처음 녹음했고, 1954년엔 영화 「화이트 크리스마스」에서 함께 주연한 빙 크로스비와 로즈메리 클루니(Rosemary Clooney, 1928~2002)가 듀엣으로 불렀다.
217) 1947년에 개봉된 영화 「34번가의 기적(*Miracle on 34th Street*)」을 말한다.

나는 기억한다, 아주 어릴 적 크리스마스트리 아래 빨간 수레 위에 앉아 있던 웨딩드레스 입은 인형을 (눈앞에 있는 듯) 아주 선명하게. (나를 위한 선물이었다.)

나는 기억한다, 처음에 잡은 선물 꾸러미들은 아주 빨리 열어 보고 마지막에 남은 몇 개는 아주 천천히 열었던 것을.

나는 기억한다, 선물을 열어 보고 난 뒤의 크리스마스 하루가 얼마나 공허했는지를.

나는 기억한다, 교회나 학교에서 못생긴 엄마를 둔 아이들을 안쓰럽게 여겼던 것을.

나는 기억한다, 특별한 날들에 루비 고모에게 뭘 선물해야 할지 아무도 알 길이 없어서 모두들 그녀에게 문구류나 스카프, 손수건, 아니면 예쁜 화장비누 따위를 주곤 하던 것을.

나는 기억한다, 시리얼에 우유 대신 오렌지주스를 넣어볼까 하는 아이디어가 떠올랐을 때 이거야말로 기발하다고 생각했던 것을. 그러나 정작 시도해보니 맛이 끔찍했다.

나는 기억한다, 비스킷 생반죽을 무척 좋아했던 것을.

136

나는 기억한다, 수은 방울을 손바닥에 놓고 이리저리 굴려보고, 그걸로 동전에 광을 내기도 했던 것을.

나는 기억한다, 교회 지하실에 코카콜라 자판기를 들여놓을 건지 말 건지를 둘러싼 논쟁을.

나는 기억한다, 교회 캠프와 '명상의 시간', 그리고 가느다란 금속 띠 둘레로 플라스틱 끈을 엮어서 팔찌를 만들던 것을. 또 플라스틱 끈을 엮어 목에 걸 수 있게 만든 다음 거기에 호루라기를 달았던 것을. 살무사를 만날 가능성이 언제나 있었다는 것 역시.

나는 기억한다, 보이스카우트가 되어 미술과 지문 채취 분야를 포함해 따기 쉬운 배지 여러 개를 받았던 것을. 응급처치 배지도.

나는 기억한다, 훌라후프를.

나는 기억한다, 우리 형이 욕조 마개를 뽑으려고 알몸을 깊이 구부린 모습을 보고 똥이 길쭉한 틈새가 아니라 구멍에서 나온다는 사실을 처음으로 깨달은 것을.

나는 기억한다, 이따금씩 욕실에서 보이던 분홍기 도는 붉은색 고무로 된 질 세척기를. 그게 뭔지 알 길은 없었지만 뭐냐고 물어보지 않을 만큼의 철은 그럭저럭 들어 있었다.

나는 기억한다, 아주 어릴 적, 지금 돌아보면 관장이라 짐작되는 것을 받았던 일을. 기억나는 것은 어머니가 나를 엎드리게 하더니 끝에 (역시 분홍기 도는 붉은색의) 고무공이 달린 유리관 같은 걸 내 엉덩이에 찔러 넣었고, 그래서 겁이 나 죽을 뻔했다는 정도다.

나는 기억한다, 여러 번 엉덩이 사이로 체온계를 꽂았던 일과, 그러다 체온계가 빠져 들어가 몸 안에서 찾지 못하게 되거나 부러져버리면 어쩌나 걱정하던 것을.

나는 기억한다, 혼자보다는 같이 오줌을 누는 게 더 재미있다고 했던 어떤 아이를. 그래서 같이 오줌을 눴는데 진짜로 재미있었다.

나는 기억한다, 한번은 내가 똥을 누고 있는데 어머니가 한 무리의 여자들을 욕실로 데리고 들어와 한 바퀴 돌고 나간 일을. 평생 그렇게 창피한 적이 없었다!

나는 기억한다, 자기 눈꺼풀을 뒤집어 눈알 위로 내리는 재주가 있던 남자애를.

나는 기억한다, 사팔눈을 떠보았던 것과, 그러다 눈이 그대로 자리 잡아버려서 평생 사팔뜨기로 살 수도 있으니 그런 짓을 하지 말라는 주의를 들었던 것을.

나는 기억한다, 자기 집 변기에서 악어 새끼를 발견한 사람에 관한 이야기를.

나는 기억한다, 언젠가 꿈속에서 J. J. 미첼에게 오줌을 갈겼던 것을.

나는 기억한다, 아주 길게 땋아 내린 머리를. 또 체크무늬 리본을.

나는 기억한다, 상자 속에서 이상하게 생긴 표딱지들을 발견했던 일과 전시에는 그것으로 식량을 탔다는 설명을 들은 것을.

나는 기억한다, 어느 해 부활 주일에 호크스 부인이 교회에 쓰고 온, 빨간 실크 양귀비로 온통 덮여 있던 챙 넓고 커다란 빨간색 새틴 모자를. 그녀는 우리 지역 아이스크림 회사 소유주인 호크스 씨의 부인이었다. 왕년에 디오르 모델이었지만 나를 빼고는 다들 그녀가 아주 못생겼다고 생각했다. ("비쩍 마른 데다 이상하게 생겼어.") 내 머릿속에는 그것이 내가 평생 본 것 중 가장 아름다운 모자로 남아 있다.

나는 기억한다, 밀랍으로 만든 손톱을. 밀랍 콧수염, 밀랍 입술, 그리고 밀랍 치아를.

나는 기억한다, 조지 워싱턴의 틀니가 나무로 만든 것이었다는 얘기를.[218]

나는 기억한다, 아주 달콤한 액체가 들어 있는 조그만 밀랍 병들을.

나는 기억한다, 커다란 땅콩처럼 생겼고 속에 공기가 가득 든 오렌지 캔디를.

나는 기억한다, 분홍색 솜사탕을. 그걸 먹다보면 온통 '끈적끈적' 해지던 것도.

나는 기억한다, 솜사탕을 아주 자세히 들여다보고 그것이 자잘한 빨간색 '알갱이들'로 이루어졌음을 알게 된 일을.

나는 기억한다, 얇은 수박 조각처럼 생긴 코코넛 맛의 사탕을.

---

218) 이 같은 속설과 달리 워싱턴은 나무로 틀니를 한 적이 없다는 게 정설이다(당시 나무로 틀니를 만드는 일 자체가 없었다고 한다). 상아나 뼈로 민든 틀니기 번색돼 언뜻 나무 재질로 보였기 때문에 그런 이야기가 나왔으리라고 워싱턴 연구자들은 추정한다.

나는 기억한다, '니거 베이비'[219]를. 캔디콘과 레드핫츠[220]를.

나는 기억한다, 핑거 페인팅을. 대개 마지막엔 보라색과 갈색이 뭉개진 듯한 모양으로 끝났던 것도.

나는 기억한다, 정글짐과, 자기 팬티가 남에게 보이든 말든 신경 안 쓰고 오르내리던 여자애들을.

나는 기억한다, 가끔 팬티를 안 입고 오던 어떤 여자애를.

나는 기억한다, "아이스케ー키"[221]를. (돌아다니면서 여자애들의 치마를 들치고는 "아이스케ー키"라고 외치던 것을.)

나는 기억한다, 분수식 식수대에서 수많은 키스가 오갔던 것을.

나는 기억한다, 소방훈련을. 그리고 방공훈련을.

나는 기억한다, 부모가 농아(聾啞)였던 통통한 남자애를. 그 애가

---

219) nigger babies. 감초가 들어간 까만색 캔디의 예전 명칭. '깜둥이(nigger)'가 인종 차별적이라 해서 1990년대부터는 'licorice babies'로 바꾸있다.
220) red hots. 계피 맛이 나는 빨간색 캔디(본디 상표명). 핫도그의 속칭이기도 하다.
221) 미국에서는 "dress-up time"이라고 소리친다.

내게 수화로 "조(Joe)"라고 말하는 법을 가르쳐주었다.

나는 기억한다, 내가 쌍둥이 중 하나라는 공상을.

나는 기억한다, "See you later, alligator!" [222]라는 말을.

나는 기억한다, 멜빵과 나비넥타이와 빨간색 가죽 벙어리장갑을.

나는 기억한다, 누군가 운율이 맞게 뭔가를 말했을 때 듣는 소리, "시인 났네, 전엔 몰랐는데, 각운 쓰는 걸 보니 알겠네. 롱펠로 급인데" [223]하는 소리를.

나는 기억한다, 색깔 맞춘 후드가 달린 노란색 고무 비옷들을.

나는 기억한다, 금속제 접이식 고리가 여럿 달린 큼직한 검은색 고무 오버슈즈를.

---

222) 헤어질 때의 인사로, 'alligator'는 본뜻과 무관하게 'later'와 각운을 맞추기 위해 들어간 말이다. 이에 대해 "After a while, crocodile"이라고 역시 '악어'를 넣어 답하기도 한다.
223) "You're a poet, and didn't know it, but your feet show it, They're Longfellows!" 이 말 자체가 각운을 맞추고 있다. 롱펠로(Henry Wadsworth Longfellow, 1807~82)는 19세기 미국의 대표적 시인 중 하나다.

나는 기억한다, 금색, 은색, 동색이 들어 있는 *최고급 크레욜라*[224] 세트를.

나는 기억한다, 빨강 크레용이 항상 제일 먼저 닳아 없어졌던 것을.

나는 기억한다, 여자를 그릴 때는 항상 손을 등 뒤로 한 모습으로 그렸던 것을. 아니면 주머니에 넣은 모습이거나.

나는 기억한다, 늙은 남자들이 다리를 꼬고 앉을 때 바짓단과 양말 사이에 드러나던 희멀건 살들을.

나는 기억한다, 보험을 팔던 뚱뚱한 남자를. 우리가 그를 방문한 어느 더운 여름날 그는 반바지 차림이었는데 자리에 앉자 그의 불알 한쪽이 바지 밖으로 비어져 나왔다. 그것을 보고 있기도 외면하기도 어려웠던 기억이 난다.

나는 기억한다, 아주 어릴 적 과자 가게에서 보았던 나보다 나이가 위인 어떤 여자애의 일을. 가게 남자가 그 애에게 갖고 싶은 게 뭐냐고 묻자 그 애는 대여섯 가지를 골랐고, 그가 돈을 내라고 하자 그 애는 "아, 전 돈이 없어요. 아저씨가 저보고 갖고 싶은 게 뭐

---

224) Crayola. 미국의 대표적인 크레용 상표(회사 이름이기도 하다).

냐고 물어봐서 골랐을 뿐이에요"라고 대꾸했다. 어찌나 깊은 인상을 받았는지.

나는 기억한다, 나무 위의 집에서 사는 몽상을 하던 것을.

나는 기억한다, 물에 빠진 사람을 구해내 영웅이 되는 몽상을 하던 것을.

나는 기억한다, 내가 눈이 멀면 다들 나를 얼마나 가엽게 여길까 몽상하던 것을.

나는 기억한다, 여자가 되어서 아름다운 드레스들을 갖게 되는 몽상을 하던 것을.

나는 기억한다, 집을 떠나 일자리를 얻고 나만의 아파트를 지니는 몽상을 하던 것을.

나는 기억한다, 할리우드 에이전트의 눈에 띄어 그가 나를 캘리포니아에 있는 특별한 곳, 사람들을 '개조하는' 그런 곳으로 보내는 몽상을 하던 것을. (무지 비쌀 터이다.) 거기서는 내 이에 뭘 씌우고 머리 스타일을 멋지게 만지고 내가 체중을 늘리고 근육도 키우게 만들어서, 결국 나는 근사한 모습으로 거듭날 것이다. 스타가 되는 길에 들어선 것. (하지만 우선은 집에 가서 모두가 놀라는 모습부터 봐야 겠지.)

나는 기억한다, 남자를 진짜 정력가로 만들어주는 약을 (남몰래) 실험하는 의사에 대해 공상하던 것을. 모든 게 '쉬쉬해야 할' 일이었다. (불법이니까.) 뭔가 잘못 되어서 내 성기가 엄청 거대해져버릴 가능성도 아주 약간은 있었지만, 나는 그런 위험을 기꺼이 감수할 생각이었다.

나는 기억한다, 내가 퀴어로 *보이는지* 궁금해하던 것을.

나는 기억한다, 퀴어 식으로 담배를 들고 있지 않으려고 조심하던 것을.

나는 기억한다, 담배를 들 때 남자다워 보이도록 내가 고안해낸 한 가지 방법이 손가락 사이에 깊숙이 끼우는 것이었다. 손가락 가운뎃마디 밑으로.

나는 기억한다, 다리를 꼬고 (무릎이 포개지게) 앉지 않았던 것을. 그런 자세는 퀴어 같아 보인다고 생각했다.

나는 기억한다, 새끼손가락을 뻗치지 않으려고 신경 썼던 것을.[225]

나는 기억한다, 단체 모임이 끝난 후, 정말 따분하게 굴었던 나 자신이 미웠던 것을.

나는 기억한다, 매력과 재치를 듬뿍 갖춘 나 자신을 몽상해보던 것을.

나는 기억한다, 처음으로 먹은 각성제를. 테드 베리건이 준 것이었다. 그날 밤을 꼴딱 새우며 수백 장의 스케치를 했다. 특히 커피 한 잔을 그린 그림이 기억난다.

나는 기억한다, '스팸'을.

나는 기억한다, 아주 어릴 적에 면도가 매우 위험해 보인다고 생각했던 것을.

나는 기억한다, 끈 달린 고무 샌들을. 처음 나왔을 때는 한 켤레에 99센트였는데 나중엔 믿기지 않을 정도로 값이 내려간 것을(한 켤레

---

225) 동성애를 혐오하는 사람들 사이에 퍼져 있던 미신 중 하나가 "새끼손가락을 뻗쳤을 때 뒤쪽으로 휘는 사람은 게이일 수 있다"는 것이다.

에 19센트라든지). 그리고 그것이 맨발바닥에 부딪칠 때 나던 찰싹찰싹 소리도.

나는 기억한다, 프라이드 치킨 식의 쇠고기 스테이크를.

나는 기억한다, '크래프트'사의 샌드위치 스프레드를.

나는 기억한다, 압력솥을 못미더워했던 것을.

나는 기억한다, 털사의 어느 가게 전면에 설치돼 있던, 한 조각이 빠진 파란색 유리 거울을.

나는 기억한다, '슬로피 조'[226]를.

나는 기억한다, 어깨 패드를. 계피향 이쑤시개를. 그리고 '존 도'[227]를.

나는 기억한다, 손을 너무 가까이 댔다가는 "손가락을 날릴 수도 있는" 작은 전기 선풍기를.

---

226) Sloppy Joe. 햄버거 빵 사이에 간 쇠고기와 양파, 소스 등을 넣어 만든 샌드위치.
227) John Doe. 성명 미상의 남자를 일컫는 말로 아무개, 무명씨, 또는 서류 견본에 쓰던 '홍길동' 따위와 같은 표현이다.

나는 기억한다, 뒷면을 열어 바로 쏟아 먹을 수 있도록 되어 있던 작은 시리얼 상자들을. 가끔씩 상자가 샜던 것도 기억난다.

나는 기억한다, 삼나무 장롱을. (그리고 그 향을.)

나는 기억한다, '옅은 갈색 오크'를.

나는 기억한다, 청바지의 단을 크게 접어 올릴수록 더 멋이 있던 때를.

나는 기억한다, '5일 보장 탈취 패드'를.

나는 기억한다, '아서 머리 파티'[228]를.

나는 기억한다, 포니테일 부분 가발을.

나는 기억한다, '셰프 보야디[229] 스파게티'를.

나는 기억한다, 자동차 백미러에 매달려 있던 아기 신발들을.

---

228) *The Arthur Murray Party*. 1950~60'년에 방송된 TV 프로그램. 다양한 게스트들이 춤을 배우는 형식의 버라이어티쇼였다.
229) Chef Boy-ar-dee. 이탈리아 출신 창업자의 성(Boiardi)을 딴 파스타 통조림 브랜드.

나는 기억한다, 브론즈 도금을 한 아기 신발을. 슈라이너 모자[230]를. 그리고 캠벨 수프 아이들[231]을.

나는 기억한다, 어머니 얼굴 위의 콜드크림을.

나는 기억한다, 투피스 수영복을. 알파벳 수프,[232] 오지와 해리엇,[233] 그리고 강낭콩 모양으로 생긴 수영장 사진들을.

나는 기억한다, 『라이프』 잡지에 실린, 빌딩에서 뛰어내리는 여자의 사진을.

나는 기억한다, 그런 상황에서 그 사진 기자는 어떻게 가만히 서서 카메라 셔터만 누를 수 있었는지 이해가 가지 않았던 것을.

나는 기억한다, 아주 추하거나 불구인 사람들은 어떻게 자신의 처

---

230) Shriner hat. 보통 '페즈(fez)'라고 부르는 붉은색 펠트 재질의 원통형 모자로 터키 등 이슬람권 남자들이 주로 쓰는데, 미국의 프리메이슨 조직 '슈라이너스(Shriners International, 1870년 창설)'에서도 이 모자를 쓴다.

231) 캠벨 사에서 만드는 통조림 수프의 광고에 나오는 만화 캐릭터들.

232) 알파벳 모양의 파스타가 들어 있는 수프.

233) 1952부터 66년까지 ABC에서 라디오와 TV로 방송한 가족 시트콤 「오지와 해리엇의 모험(The Adventures of Ozzie and Harriet)」의 주인공이며 실제 부부. 같이 출연했던 두 아들 중 하나가 인기 가수이자 배우였던 리키 넬슨(Ricky Nelson, 1940~85)이다.

지를 견뎌내는지 이해할 수 없었던 것을.

나는 기억한다, 중학교 시절 검은 콧수염이 아주 가느다랗게 나 있던 여자애를.

나는 기억한다, 치마를 입은 여자들의 다리가 겨울에 얼어버리지 않고 멀쩡한 이유를 알 수 없었던 것을.

나는 기억한다, 시들어버린 코르사주로 자기 화장대의 둥근 거울 둘레를 온통 장식해놓았던 여자애를.

나는 기억한다, 고등학교 시절 잠깐 동안 머리에 은색 스프레이로 악센트를 주는 게 유행했던 것을.

나는 기억한다, 고등학교 시절 내가 다른 아이들보다 일 년 앞서 스니커스 운동화를 신기 시작했지만 약간은 헛다리를 짚었던 것을. 나는 그걸 언제나 아주 깨끗한 상태로 유지했기 때문이다.

나는 기억한다, 언젠가 3-D 영화를 보면서 빨간색과 초록색 셀로 판지가 붙은 안경을 썼던 것을. 3-D 만화책도 마찬가지였다.

나는 기억한다, 캐딜락 광고 시리즈를. 등장하는 자동차의 색상에 맞추어 다이아몬드나 루비, 에메랄드로 된 아름다운 목걸이들이 나왔다.

나는 기억한다, 어찌나 작은지 손 안에 쏙 들어올 만한 원숭이를. 그걸 공짜로 얻으려면 무엇인가를 일정한 양 팔아야 했다. (씨앗이 었는지 잡지였는지 아무튼 그런 것을.)

나는 기억한다, 만화책에 흔히 실렸던, 반지 사진들로 도배된 전면광고를. 내가 늘 갖고 싶어 했던 해골 반지가 유난히 기억난다.

나는 기억한다, 베인 상처에 바르는 작은 갈색 병에 든 빨간 물약을. "쓰리지 않다"고 했지만, 안 쓰린 적이 없었다.

나는 기억한다, 택시에서 태어나는 아기들 이야기를.

나는 기억한다, 아서 고드프리[234]가 술 취한 상태로 자기 비행기를 몰다가 추락하는 바람에 누군가가 죽었는지 어쨌는지 해서 큰 물의를 빚었던 것을.

나는 기억한다, 모든 잰즌 수영복에 작은 아플리케로 장식된 다이

---

234) Arthur Godfrey(1903~83). 1930~60년대에 다양한 라디오 · TV 프로그램에서 활약한 진행자.

빙하는 사람 모습을.

　나는 기억한다, 냉장고 얼음 틀에 물을 너무 많이 채우고는 흘리지 않고 다시 갖다 넣느라 조심조심했던 것을.

　나는 기억한다, 「작은 왕」[235]이 뭐가 재미있는지 도무지 모르겠던 것을.

　나는 기억한다, 흰개미를 박멸해주는 아저씨들이 우리 집 현관 포치 아래에서 찾은, 흰개미가 우글우글하던 오래된 나뭇조각을.

　나는 기억한다, 자연의 무슨 조화인지 어느 해 털사에서 사나흘 동안 수백만 마리 메뚜기 떼의 습격을 받았던 것을. 시내의 보도란 보도는 완전히 메뚜기들로 뒤덮여 있었다.

　나는 기억한다, 커다란 갈색 엑스레이 기계를 갖추고 있던 구두 가게를. 그 기계는 발 속의 뼈를 밝은 녹색으로 훤히 보여주었다.

　나는 기억한다, '굿이어' 타이어의 날개 달린 신발을. 그리고 하늘

---

235) *The Little King*. 오토 소글로(Otto Soglow, 1900~75)의 유명한 만화. 1930년 『뉴요커』지에서 시작하여 지면을 바꾸어가며 작가가 사망하기 직전까지 게재됐다.

을 나는 빨간 말도.[236]

나는 기억한다, 수박은 99퍼센트가 물이라는 사실을.

나는 기억한다, 학교에서 신체 자세 사진을 찍은 일, 그리고 자세가 *진짜* 엉망이라는 얘기를 들은 일을. 뭐 그걸로 끝이었다.

나는 기억한다, 길거리에 나앉은 가족들이 담요로 몸을 똘똘 말고 있는 모습을 담은 화재보험 광고를.

나는 기억한다, 아래쪽에 자석이 붙어 있는 하얀색과 까만색의 (플라스틱으로 만든) 작은 스코티시 테리어들을. 무엇에 '쓰는' 물건이었는지는 정확히 기억나지 않는다.

나는 기억한다, 주유소 화장실의 콘돔 자판기를.

나는 기억한다, 어느 날 아침 '위대한 정신'의 쭉 뻗은 손에 놓여 있었던 쓰고 버린 콘돔을 교장 선생님이 발견한 일을. '위대한 정신'은 말 위에 앉아 하늘을 올려다보고 있는 인디언의 커다란 청동 조

---

236) '날개 달린 신발'은 굿이어(Goodyear) 사의 타이어 제품 로고에 등장하는 그림으로, 그리스 신화에 나오는 헤르메스의 신발에서 따왔다. '하늘을 나는 빨간 말'은 후에 엑손모빌(ExxonMobil)사로 통합된 모빌 석유회사의 심벌, 붉은 페가수스다.

각상이었다. 고등학교 때 있었던 일이다. 그때 그게 혹 쓰고 버린 코텍스 생리대였던가.

나는 기억한다, 그런 것들을 쉽게 살 수 있었던 어느 드러그스토어에 대한 얘기를.

나는 기억한다, 귀는 뚫고 긴 머리에 가슴이 엄청 큰, 쉬운 섹스 상대로 알려졌던 땅딸막한 여자애를.

나는 기억한다, 두 주에 한 번 토요일마다 머리를 깎아야 했던 것을. 그리고 이발사가 뭘 자르지 않을 때도 손에 든 가위를 항상 찰칵거리고 있었다는 것을.

나는 기억한다, 기다란 갈색 가죽숫돌을. 낡아빠진 잡지들을. 그리고 울음을 터뜨리던 아이들을. (그러면 막대 사탕을 주곤 했다.)

나는 기억한다, 음료수 같아 보이던 선홍색의 헤어토닉과, 내 목둘레를 꼭꼭 감싸던 하얀 화장지 띠를.

나는 기억한다, 떨어져 쌓이는 내 머리카락을 지켜보던 것을.

나는 기억한다, 이발사가 실수로 내 귀를 베지 않을까 겁내던 것을.

나는 기억한다, 한번은 진짜로 그런 일이 벌어졌던 것을.

나는 기억한다, 머리 자르는 일이 끝나면 좋은 냄새가 나는 가루를 듬뿍 묻힌 부드러운 솔로 내 목을 털어주던 것을. 그리고 의자를 빙글 돌려서 거울을 보게 해 주던 것을. 머리를 깎고 나니 내 귀가 얼마나 커 보였는지도.

나는 기억한다, 아주 정교하게 장식된 크롬 발판을. 그리고 나이든 흑인 구두닦이를.

나는 기억한다, 집으로 돌아오는 길 내내 등이 따끔거리던 것을.

나는 기억한다, 털사의 한 빌딩 꼭대기에 있던, 몇 분마다 색이 바뀌던 탑을. 녹색과 노랑, 흰색뿐이었지만.

나는 기억한다, 남성용 모자 가게 쇼윈도 안의 미니어처 모자 박스에 담긴 미니어처 모자들을. 선물용으로 모자 상품권을 사면 그걸 공짜로 받을 수 있었다.

나는 기억한다, 풍선소매를. 그리고 민소매를.

나는 기억한다, '부판트' 스타일과 '벌집' 스타일[237]을. (머리 모양 말이다.)

나는 기억한다, '벌집' 스타일이 못 말릴 지경이 되었던 때를.

나는 기억한다, 학교 책상에 새겨진 것들과, 그렇게 파인 데에 볼펜을 넣어 앞뒤로 밀고 굴리던 장난을.

나는 기억한다, 잡음을 내고 싶지 않을 때 유난히 바스락거리던 사탕 껍데기를.

나는 기억한다, 뒷자락이 ('내어' 입을 수 있도록) 더 길고, 주머니엔 작은 악어가 수놓아져 있는 짧은 소매의 니트 셔츠가 인기를 끌던 때를.

나는 기억한다, 고등학교 때 돈 많은 집 여자애들이 입던 단색의 낙타털 코트를.

나는 기억한다, 사교 클럽에 든 아이들끼리만 모여 수업 전이나 쉬

---

237) bouffant, beehive. 둘 다 속머리를 부풀려 정수리 부문이 높이 솟게 손질하는 헤어스타일이다. 부판트 스타일은 흔히 옆머리를 내리는데 벌집 스타일은 거의가 그렇지 않다.

는 시간에 수다를 떨던 (2층에 있는) '사교계 인사 코너'를.

나는 기억한다, 사교 클럽에 들어가기 위해서는 시의 남쪽 지역에 살거나 (나는 북쪽에 살았다) 아니면 잘생기거나 (나는 아니었다) 둘 중 하나여야 했으며, 대개는 둘 다를 갖춘 경우가 많았다는 것을.

나는 기억한다, 인기가 많은 남자아이들은 항상 청바지를 딱 알맞은 정도로 내려 입었다는 것을.

나는 기억한다, 마드라스[238] 체크 셔츠와 스포츠 재킷을. 그리고 모양을 제대로 내기 위해서는 서너 번을 미리 빨고 입어야 했다는 것을.

나는 기억한다, '프렌치 키스'를. 입 안에 이 말고는 혀밖에 없으니까 그런 키스는 틀림없이 혀와 무슨 관련이 있으리라 짐작해냈던 것을 기억한다.

나는 기억한다, 여자애와 악수를 하거나 손을 잡으면서 가운뎃손가락으로 상대의 손바닥을 긁는 게 뭔지 모르게 '불결한' 일이었다는

---

238) madras. 다양한 색상의 면사를 평직으로 짠 주로 체크무늬의 가벼운 직물로, 여름용 셔츠 등에 많이 쓰인다. 본디 인도의 마드라스(현 첸나이) 지방에서 짜던 수직천을 모방한 것이다.

것을. (장난삼아 많이들 했는데 당하는 여자애는 얼굴을 붉히며 비명을 지르곤 했다.)

나는 기억한다, 보스턴의 한 카페테리아 유리 카운터 뒤에서 일하던 푸에르토리코 출신 소년과, 소매를 걷어 올린 그의 팔뚝을. 황금빛의 굵고 매끈한 팔뚝을.

나는 기억한다, 초기의 섹스 경험과 그때 후들거리던 무릎을. 지금의 섹스가 훨씬 좋은 것은 확실하지만, 무릎이 후들거리던 그 느낌은 정말 그립다.

나는 기억한다, 처음으로 용두질을 해 받은 때를(혼자서 터득하지는 못했다). 그 여자가 뭘 하려는 건지 알 수 없어서 전혀 돕지 않고 그냥 좀비처럼 가만히 누워만 있었다.

나는 기억한다, 그녀가 나에게 자신의 거기에 내 손가락을 넣어달라고 하기에 그렇게 했는데 일단 들어간 다음엔 뭘 *해야* 할지 아는 바가 없고 (금방 생각나는 것도 없고) 해서 그냥 손가락을 살짝 움직거리기만 했던 것을.

나는 기억한다, 내가 그 행위의 저 바깥에 (나 자신을 지켜보며) 있는 것처럼 느꼈고 그 축축한 구멍에 손가락을 넣고 있는 자신이 꽤나 우스꽝스러워 보였다는 것을. 지금 생각하니 그녀는 결국 나를 포기하고 자기가 알아서 오르기로 했던 모양인데, 그건 그녀가 키스를 세게 퍼부어댔고 그때 아래를 몹시 꿈틀대는 게 느껴졌던 기억으로 보아 알 수 있다.

나는 기억한다, 절정에 막 이르려고 할 때, 그게 오줌이 마려운 거라고 생각해 양해를 구하고 화장실에 가는 바람에 모든 걸 망쳐버렸던 일을.

나는 기억한다, 그 모든 일에도 불구하고 다음날 아침 나 자신이 꽤나 대견스러웠던 것을.

나는 기억한다, 네루 재킷[239]을.

나는 기억한다, 터틀넥이 한창이던 시절, 그걸 입고 가면 어느 레스토랑이 받아주고 어느 레스토랑은 안 받아줄지에 대해 얘기를 나누던 것을.

나는 기억한다, 타르타르스테이크[240]를 처음 먹어본 날 그것과 함

---

239) 인도의 초대 총리 자와할랄 네루(Jawaharlal Nehru, 1899~1964)가 입었던 것과 같은, 스탠드업(만다린) 칼라의 남성용 재킷.
240) beefsteak tartare. 익히지 않은 쇠고기를 곱게 다져 간을 맞춘 뒤 양파, 케이퍼

께 버터 바른 크래커를 잔뜩 먹었던 것을.

나는 기억한다, 설교 시간 내내 앉아 있다가 일어섰을 때의 리넨 원피스 뒷모습을. 브리지 모임에서도 마찬가지고.

나는 기억한다, TV에서 본 「백만장자」[241]와, 그 드라마 속 기부자가 끝내 얼굴을 보여주지 않았다는 것을.

나는 기억한다, 시계가 없는데 누가 시간을 물어보았을 때 해주던 "뉴욕시 여러분 담배꽁초"[242]라는 대답을.

나는 기억한다, 아주 어릴 적 우리 집 지하실에 있던 수동 탈수기가 달린 세탁기와, 혹시라도 그 탈수기에 손이 끼였을 때 생길 수 있는 끔찍한 일에 대한 상상을.

나는 기억한다, 물이 빠지는 빨간색 빨래를 세탁기에 같이 넣었을 때 핑크색이 되기도 했던 속옷들을.

등의 양념을 더하고 때로 날계란 노른자를 곁들이는, 우리 육회 비슷한 요리.
241) *The Millionaire*. 1955~60년 CBS에서 방송된 TV 단막극 시리즈. 익명의 기부자로부터 느닷없이 100만 달러를 받게 된 보통 사람들의 이야기를 매주 보여주었다.
242) 원문은 "Two hairs past a freckle"이며, 번역문은 그에 상응하는 우리말 우스개의 한 변형이다.

나는 기억한다, 때로는 파랗게 물든 속옷을.

나는 기억한다, 깜빡하고 주머니에 화장지를 놔둔 채 세탁한 청바지에 온통 묻어 있던 종이 보풀을.

나는 기억한다, '팬티 사냥'[243]을.

나는 기억한다, "쌍둥이 중 토니를 사용한 사람은 누구?"[244]를.

나는 기억한다, "그녀가 했을까, 안 했을까?"[245]를.

나는 기억한다, 「쇼처럼 즐거운 인생은 없다」[246]와(노래 얘기다), 이 곡이 항상 나를 감동시켰던 것을.

나는 기억한다, 종이접기로 동서남북 놀이를 만든 것을. 도무지 뜨

---

243) panty raid. 대학의 남학생들이 여자 기숙사를 습격해 소동을 벌이고는 팬티를 '전리품'으로 빼앗아 오던 장난.

244) "Which twin has the Toni?" 토니 사에서 나온 가정용 파마 약의 광고 문구. 똑같이 멋진 파마를 한 쌍둥이들의 사진에 붙인 문구로, 둘 중 하나는 미용실에서 비싸게 했지만 토니로 직접 한 것과 차이가 전혀 없다는 뜻.

245) "Does she or doesn' she?" 클레롤 사의 머리 염색약 광고 문구. 염색한 머리가 워낙 자연스러워서 염색 여부를 알 수 없다는 뜻이다.

246) "There's No Business Like Show Business". 최고의 송라이터 중 하나인 어빙 벌린(Irving Berlin, 1888~1989)의 1946년 곡. 1954년엔 같은 이름의 뮤지컬 영화도 나왔다.

질 못하던 비행기도.

나는 기억한다, 영화배우나 핀업 걸, 카우보이의 그림 카드를 살 수 있었던, 장터에서 본 기계를.

나는 기억한다, 점검매매 조건으로 보내온 우표를 반송하지 않으면 정말로 큰 일이 나리라고 생각했던 것을.[247]

나는 기억한다, 중학교 댄스파티에서 주로 여자애들끼리만 춤추던 것을.

나는 기억한다, 달걀 모양의 플라스틱 갑에 들어 있던 '실리 퍼티'[248]를.

나는 기억한다, 교회에서 하필이면 고요한 순간에 내 뱃속에서 꼬르륵 소리가 나곤 하던 것을.

---

247) '점검매매'란 배송된 물품을 보고 나서 마음에 들면 사고 아니면 반송하는 것이다. 우표나 동전 같은 경우에도, 수집자가 당초 주문한 물건에 상인이 점검매매 조건으로 다른 것을 같이 보내곤 한다.
248) Silly Putty. 합성 고무의 일종(실리콘 폴리머)으로 만든 장난감의 상표명. 고탄력이면서도 강하게 때리면 부서지는가 하면 액체처럼 흐르기도 해서 다양한 방식으로 갖고 놀 수 있다.

나는 기억한다, 과거로 돌아가 살면서 무슨 일이 일어날지를 사전에 알고 있는 유리함(때로는 그게 안 좋을 수도 있지만)을 누리는 몽상을 해보던 것을.

　나는 기억한다, 늘 안경을 깨먹었던 것과, 다음에 또 그러면 (일주일에 25센트인) 내 용돈으로 새 안경을 사도록 하겠다는 소리를 듣던 것을. 하지만 진짜 그런 적은 한 번도 없었다.

　나는 기억한다, '모노폴리'와 '클루'[249]를.

　나는 기억한다, (클루에 나오는) 작은 은촛대를, 그리고 '컨서버터리'[250]가 무엇인지 몰랐던 것을.

　나는 기억한다, 옷을 사러 가려고 옷을 쫙 빼입었던 것을.

　나는 기억한다, 쌍둥이들이 같은 옷을 입던 시절을.

---

249) Monopoly, Clue. 인기 있는 보드게임들로, 모노폴리는 부동산 놀이, 클루는 살인범 찾기 놀이다.
250) Conservatory. 클루 게임의 무대가 되는 저택의 아홉 개 방 중 하나. 이 말은 그냥 '온실'을 뜻하기도 하지만 여기서는 '선룸', 즉 넓은 창이 많아서 일광욕을 하며 바깥 경치를 즐길 수 있는 방이다.

나는 기억한다, 모녀의 세트 의상[251]들을.

나는 기억한다, 부자 간의 저녁 식사들을.

나는 기억한다, 론 레인저와 톤토[252]를.

나는 기억한다,
    "이랴, 달려라 실버.
    톤토가 팬티를 잃어버렸네.
    그래도 걱정 없다네.
    론 레인저가 새거로 사줄 거라네."[253]

나는 기억한다, 인동 꽃 한가운데서 기다란 심 같은 것들을 빼내어 거기에 달려 나오는 꿀방울을 빨아먹던 것을.

---

251) mother and daughter dress. 의류 상인들이 지금도 흔히 쓰는 용어다. 다음 항목의 'father and son dinner'도 일부 식당의 메뉴에까지 올랐다.
252) Lone Ranger and Tonto. 론레인저는 텍사스 기마 경비대원 출신으로 아이마스크를 쓰고 서부를 돌아다니며 악당과 싸우는 캐릭터다. 1933년 라디오 프로그램에 처음 등장한 후 미국 서부 개척 시대를 상징하는 문화적 아이콘이 되어 그를 주인공으로 한 소설, 만화, 영화, 방송 프로그램이 숱하게 만들어졌다. 톤토는 그와 함께 다니는 아메리카 원주민이다.
253) 실버(Silver)는 론레인저의 백마 이름이다. 인용 문구는 방송 드라마에 나왔던 상황 혹은 대사이거나 그걸 바탕으로 만든 것인 듯하다. 특히 1940~50년대에 어린 시절을 보낸 사람들은 이 구절을 줄줄 외웠다고 한다.

나는 기억한다, 한 해에 한 번씩 『새터데이 이브닝 포스트』 표지에 등장하던 벤저민 프랭클린의 흉상을.

나는 기억한다, 아버지가 일하는 회사에서 해마다 크리스마스면 보내주던 '햄'을.

나는 기억한다, 밝은 색상의 공 모양 거품 목욕제를. 그리고 욕조에 빙 둘러 생기던 물때 '테두리'도.

나는 기억한다, 뒤꿈치 쪽에 끈이 없는 투명한 플라스틱 하이힐을.

나는 기억한다, 스카프가 달려 있는 도시락 통처럼 보이던 투명한 플라스틱 손가방을.

나는 기억한다, 우리 어머니가 쓰던, 보통 것보다 입구가 넓은 분홍색 헤어네트를.

나는 기억한다, 미리 매듭을 만들어놓고 고무 밴드 같은 것으로 목에 거는 넥타이들을.

나는 기억한다, '어머니날'을, 그리고 교회에 갈 때 옷깃에 빨간 장미를 달았던 것을. (어머니가 돌아가셨으면 하얀 장미를 달았다. 새 어머니일 때는 노란 장미를 달았고.)

나는 기억한다, '토끼뜀'[254]을. '픽처 해트'[255]를. 또, 화장지와 철망으로 꾸민 퍼레이드용 꽃수레도.

나는 기억한다, 내가 이전에 했던 웃기는 행동에 대해 어머니가 이야기하던 것을. 그리고 얘기를 반복할 때마다 점점 더 우스운 내용이 됐던 것을.

나는 기억한다, 살날이 얼마 안 남았음을 알게 되어(대개는 '암' 때문에) 남은 시간을 어떻게 쓰는 게 최선일지 고민하는 공상을 해보던 것을.

나는 기억한다, 오자크 지방을 차를 타고 지나가던 일과, 그때 본 것으로 집 바깥 빨랫줄에 팔려고 널어놓은 공작무늬의 셔닐[256] 침대보들을.

나는 기억한다, 기념품 가게에서 본, 매끈하게 셸락을 칠한 주황

---

254) bunny hops. 우리의 '토끼뜀'과 거의 같은 의미도 있고, 사이클링 용어로 자전거를 탄 채 두 바퀴를 들고 점프하듯이 뛰는 것을 뜻하기도 한다.
255) picture hat. 테가 넓고 깃털이나 꽃으로 꾸민 여성용 모자.
256) chenille. 겉에 고운 잔털이 붙은 실, 또는 그것을 씨실로 하고 명주실이나 털실 따위를 짜 넣어 기모의 효과를 낸 직물.

색 도는 나무로 만든 미니어처 소원의 우물을. 그리고 미니어처 옥외 변소도.

나는 기억한다, 왜 옥외 변소 문에는 초승달 모양의 구멍을 뚫어 놓는지 궁금했던 것을.

나는 기억한다, 옥외 변소에 앉아서 왜 이곳은 가득 차는 적이 없는지 궁금했던 것을.

나는 기억한다, 옥외 변소에 앉아서 여기에 빠지면 과연 어떨까 머릿속에 그려보던 것을.

나는 기억한다, 해를 향하고 눈을 감으면 눈앞이 온통 발개지던 것을.

나는 기억한다, 커다란 '보이스 타운'[257] 우표들을.

나는 기억한다, 악어가죽 손가방을.

---

257) Boys Town 미국 네브래스키 주 동부에 있는 10대 남녀 중심의 공동체. 1917년 에드워드 플래너건 신부가 창설했다. 현재 주민 대다수가 18세 미만이며, 시장도 10대다(2015년엔 17세 여성을 선출).

나는 기억한다, 아기들이 넘어졌을 때 어른들이 하던 "아이쿠, 저런" 소리를.

나는 기억한다, 손목이 나긋해지게 힘을 빼고[258] 손을 앞뒤로 아주 빠르게 흔들어, 흐물흐물한 느낌이 들 때까지 그치지 않았던 것을.

나는 기억한다, 고양이 사료 통조림을 마지막 한 점까지 긁어내려고 애썼던 것을.

나는 기억한다, 밤에 잘못 누워 잔 탓에 머리카락 일부가 삐죽 뻗쳤던 것을.

나는 기억한다, 초록색 식기 세척액이 나오기 이전을.

나는 기억한다, 새 구두를 사면 공짜로 주던 구둣주걱을.

나는 기억한다, 구둣주걱을 한 번도 쓰지 않았다는 것을.

---

258) with a limp wrist. 표면적 의미는 위와 같으나 'limp wrist'는 남성 동성애자를 경멸조로 가리키는 말이기도 하다. 이는 그들 중 특히 여성적인 사람들이 대화를 하거나 할 때, 들어 올린 손목에서 손이 거의 직각으로 힘없이 늘어져 있는 경우가 많은 데서 온 말이라고 한다. 브레이너드가 회고하는 행동은 그런 지칭에 대한 하나의 반응으로 볼 수 있겠다.

나는 기억한다, 호박 파이가 시각적으로는 별로 당기지 않았던 것을.

나는 기억한다, 코카콜라 병에 감도는 아주 연한 초록빛을.

나는 기억한다, 다진 고기 파이를 그다지 믿지 못했던 것을. (그 '속에' 뭐가 들었을지.) 소스도 마찬가지.

나는 기억한다, 크랜베리 소스가 깡통에서 잘 흘러나오다가 갑자기 쿨럭쿨럭하던 현상을.

나는 기억한다, 차가운 칠면조 고기 샌드위치를.

나는 기억한다, 일회용 밴드를 단숨에 휙 떼어내려 했던 것을.

나는 기억한다, 실제로 사용하진 않는 작은 장식용 타월들을.

나는 기억한다, 스페인어 수업 2년 동안 단어들의 해석을 연필로 흐리게 써놓고 커닝했던 것을.

나는 기억한다, 분홍색 지우개가 달린 노란색 No. 2 연필을.[259]

---

259) 연필심의 경도와 쓰인 글자의 진하기를 나타내는 숫자. 숫자가 클수록 심이 딱

나는 기억한다, 따로 허락을 받지 않고 그냥 일어나서 연필깎이를 사용할 수 있게 해준 몇몇 선생님들을.

나는 기억한다, 월요일마다 한 칸씩 옮겨 가던 자리 교체 방식을.

나는 기억한다, 목공 수업 시간에 잡지꽂이를 만들었던 것을.

나는 기억한다, '드루들(droodles)'[260]을. (몇 개의 단순한 선으로 구성된 유머러스한 그림 퀴즈다.) "무엇을 그린 걸까요?"라는 질문을 담고 있는. (토마토 샌드위치라거나.) (사이가 나쁜 코끼리 두 마리라거나.) (기타 등등.)

나는 기억한다, 수영 수업에서 다이빙을 익힌 것을. 그때야 안 할 수 없었기에 했지만 이후로 다시는 다이빙을 하지 않았다.

나는 기억한다, 귀, 코가 뚫려 있는데 왜 머리에 물이 들어차지 않

딱하고 글자가 연하게 써진다. 주로 미국에서 사용하는 시스템이며, 다른 많은 나라에서는 HB 시스템을 따른다.
260) 1953년 유머 작가 로저 프라이스(Roger Price, 1918~90)가 창안한 것으로, 'droodle'이란 명칭은 'doodle(낙서), drawing(그림), riddle(수수께끼)' 따위를 합성한 말이다. 동그라미, 사각형, 직선 등을 조합한 아리송한 그림을 보고 무엇인지 알아맞히게 돼 있다. 당초엔 그림 바로 밑에 기상천외한 설명이 붙어 있었지만, 유행을 타면서 퀴즈 형식이 되었다.

는지 궁금했던 것을.

　나는 기억한다, 아기들을 물속으로 던져 넣는 부모들에 대한 이야기를. 그러면 아기들은 단지 본능 하나로 금방 수영을 익힌다고 했다.

　나는 기억한다, 마침내 물에 뜨는 법을 배웠음을. 하지만 나를 지탱해주는 것이 물이라고 정말로 믿은 적은 한 번도 없었다. 왠지 몰라도 순전히 의지력으로 물에 뜨는 거라고 생각했지 싶다. (말하자면 물질에 대한 정신의 승리랄까.) 어쨌든 나는 물 덕분이라는 생각은 전혀 해보지 않았다.

　나는 기억한다, 한번은 수영복을 입은 채 물속에서 오줌을 눈 것을. 그게 얼마나 섹시하고 따뜻한 느낌이었는지도.

　나는 기억한다, 다른 사람들도 공공 수영장에서 나와 같은 짓을 노상 한다는 이야기를. (나는 소아마비가 옮을까 봐 그곳에는 거의 가지 않았지만.)

　나는 기억한다, 마룻바닥이 깔린 시내의 어느 싸구려 잡화점에서 나던, 뭐라 말로 표현할 수 없는 냄새를. 엄청 맛있었던 바나나 케이크를. 또 내가 가장 좋아하넌 25센트 요금의 사진 기계를. 좋아하게 된 이유가 있는데, 언젠가 그 기계가 먹통이 되면서 무지 오랫동안 내 사진을 계속 찍어댔던 것이다. 결국 뭔가 수상하다고 생각한 근처 점원이 매니저를 불러왔고 그가 기계를 꺼버렸다.

나는 기억한다, 손톱 위의 하얀색 작은 반점들을.

나는 기억한다, 볼 안쪽의 살을 조금씩, 아주 달콤한 통증이 찾아올 때까지 깨물던 것을.

나는 기억한다, 노블과 펀(어머니의 오빠와 그 부인)을. 그녀는 말을 멈추는 적이 없었고 ("혀에 모터가 달린 듯") 그는 입을 전혀 떼지 않았던 것을. 그들에게는 데일과 게일, 두 자녀가 있었다. 데일은 너무 평범해서 사실 내가 걔를 제대로 기억하고 있는지조차 확실치 않다. 하지만 게일은 *확실히* 기억한다. 아주 귀엽게 생기고 발랄했으며, 동시에 아주 밉살스럽게 굴었다. 그 애는 피아노 레슨을 받았고, 또 노래 레슨도 받았고, 춤 레슨*까지* 받았다. 그들은 캘리포니아에 살면서 차를 몰고 여기저기 여행을 많이 다녔는데, 밥을 먹으러 식당에 간 적이 없었다. (먹을 것을 *싸갖고* 여행을 다녔다.) 3년에 한 번 정도 우리 집을 방문할 때는 슬라이드 영사기와 최근 (3년 치의 '최근') 여행 사진의 슬라이드들을 가지고 왔다. 그리고 옷걸이 비닐백에 게일이 입을 화려한 의상들도 싸와서 게일은 도착하기가 무섭게 자기 '레퍼토리'를 펼쳐 보였다. 이들의 방문은 손꼽아 기다릴 만한 일은 아니었다. 그래도 사나흘 있고는 떠났다. 샌드위치를 많이 싸가지고, "캘리포니아 저희 집에도 꼭 들러줘요"라는 말을 남기고.

　나는 기억한다, 한번은 아주 먼 친척을 방문했던 일을. 그 집에는 태어나서 그때까지 쭉 1센트 동전을 모아온 내 또래의 (여덟 살 정도) 아들이 하나 있었다. 그 집 거실은 덩치 큰 가구들이 꽉 들어찬 그런 유형이었는데, 거기에다 남은 공간이란 공간은 동전으로 가득한 거대한 단지들이 차지하고 있었다. 심지어 바닥에도, 또 복도에도, 동전이 가득 찬 거대한 단지들이 벽을 따라 죽 늘어서 있었다. 정말 인상적인 광경이었다. 나와 동갑인 애로서는 '한 재산'을 모은 셈이었다. 몹시 샘이 났다. (이 기억이 과장된 게 아니었으면 하는데, 아니, 과장이라고 생각지 않는다.) 진짜로 그것은 거의 신성할 정도였다. 마치 성골함처럼. 그 애 어머니가 젠체하면서 말하기를 쟤가 자기 대학 학비를 (여덟 살인데!) 모으고 있는 중이라던 게 기억난다.

　나는 기억한다, 나도 돈을 모으려고 하룬가 이틀인가 시도하다가 바로 흥미를 잃었던 것을.

　나는 기억한다, 잡지의 뒤표지에 실리던 아주 유혹적인 작은 광고들을. 이를테면 원피스 25벌을 ('중고'라는 말은 *아주* 작은 글씨로 넣고) 단돈 1달러(!)에 판다는 식의.

나는 기억한다, 해마다 가을이면 말하기 수업 시간에 "지난여름을 어떻게 보냈나"에 대해 발표를 해야 했던 것을. 나는 대개 수영을 많이 했고(거짓말) 그림을 많이 그렸으며(사실) 독서도 많이 했다고(사실 아님), 그리고 여름이 아주 빨리 지나갔다고(사실) 말했던 기억이 난다. 여름은 언제나 빨리 지나갔고 지금도 그렇다. 어쨌든 여름을 보내고 나면 그렇게 느껴지는 것이다.

나는 기억한다, 추운 아침에는 열까지 세고 침대를 빠져나오던 것을.

나는 기억한다, 절세미녀와 사귀어서 내 친구 모두가 넋 놓고 찬탄하는 몽상을 하던 것을.

나는 기억한다, 필요한 상황에서 볼썽사납지 않게 콘돔을 착용하는 방법이 뭔지 궁금해하던 것을.

나는 기억한다(특정한 시기에 관한 것은 아니고), 침대에서 부드러운 플란넬 잠옷 위로 나 자신만을 붙안고 보낸 여러 밤들을.

나는 기억한다, 차게 와 닿던 겨울철의 침대 시트를.

나는 기억한다, 아침에 일어나자마자 창밖을 보니 온 세상이 눈에 덮여 있던 것을. 정말로 쨍한 놀라움이었다. 털사에는 1년에 두 번 정도만 눈이 내렸는데, 그것도 지금 기억하기로는 주로 밤사이에 내렸다. 그래서 나는 '내리는' 눈보다는 '내린' 눈에 대한 기억이 더 많다.

나는 기억한다, 보도의 눈을 왜 치워야 하는지 이해할 수 없었던 것을. 그냥 놔두더라도 하루 이틀 뒤엔 녹게 마련 아닌가. 게다가 — "그냥 눈일 뿐이잖아"라는 말.

나는 기억한다, 브라우니[261] 단복이 별로 예쁘지 않다고 생각했던 것을. 너무 갈색이고 평범해서.

나는 기억한다, 우리 가족이 모두 차사고로 죽고 나 혼자만 남아서 동정과 관심뿐 아니라 그 모든 일을 꿋꿋하게 견뎌내는 데 대해 칭찬도 받는 공상을 하던 것을.

나는 기억한다, 미국 대통령에게 애국심에 관한 아주 감동적인 편지를 보내고, 나의 감동적인 편지에 감명받은 대통령이 그것을 언론 (TV, 잡지, 신문 등등)에 배포해 내가 아주 유명한 어린이가 되는 공상을 해보던 것을.

나는 기억한다, 다락방의 오래된 트렁크를 뒤지다가 놀라운 물건

---

261) Brownies. 7~9살의 걸스카우트 단원들.

들을 발견하는 공상을 하던 것을.

나는 기억한다, 옷을 아주 잘 입는 사람이 되는 공상을 하던 것을.

나는 기억한다, 목 부분에 빨강 파랑의 가는 줄무늬가 있는 하얀 양말을.

나는 기억한다(눈앞에 보이는 듯), 하루 신고 나서 바닥에 던져놓은 양말을. 양말은 거기서 항상 매우 편안해 보였다.

나는 기억한다, 여자가 되는 어릴 적 몽상의 파편들을. 주로 기억나는 것은 옷감이다. 살에 닿는 새틴과 태피터. 특히, 끝없이 늘어진 감청색의 태피터(아주 본격적인 야회복임이 틀림없는데)를 커다란 손이 걷어 올리고 그것을 내 허벅지 사이에 문지르던 장면이 기억난다. 이 시기 여자가 되는 환상은 전혀 '섹스'와 관련된 게 아니었다. 남자와 함께하는 데서가 아니라 여자처럼 느낀다는 데서 짜릿함을 맛본 것이다. (여자처럼.) 이 모든 환상들이 지금 와서는 별다를 게 전혀 없어 보이지만, 그때는 이를테면 태아 같은 상태로 움츠리고 있었다. "꽁꽁 갇혀서." 옷감과 살결, 마찰의 그 환락경(클로즈업된 디테일들). 하지만 딱히 '일어난' 일은 없었다.

나는 기억한다, 감옥에 갇혀 내 감방 안에서 수도승처럼 살면서 길고 긴 위대한 소설을 육필로 써내는 공상을 하던 것을.

나는 기억한다, (다른 한편으로) 감옥에 갇혀서 원초적인 섹스를 즐기는 공상을 하던 것을. 왠지는 몰라도 그 모든 게 순전히 '흑백'이었다. 검은색 철창과 하얀색 타일. 흰 살과 검은 털. 미끈미끈하고 뜨듯한 하얀색 정액, 그리고 차갑게 빛나는 검은색 가죽과 슬레이트.

나는 기억한다(꽤나 실망스럽겠지만), 철저히 선별된 물건들만을 들여와 '화랑' 식으로 멀찍멀찍이 전시해놓은 골동품 가게를 차리는 공상을 해보던 것을.

나는 기억한다, 로어 이스트사이드에 화랑을 차려 (나는 그 안쪽에 산다) 한쪽 벽면은 (벽돌이) 노출된 상태로 하고, 나머지는 모두 하얀색으로 마감하는 공상을 했던 것을. 화분을 가득 들여놓고. 그리고 그림들, 짐작했겠듯이 내가 그린 것들.

나는 기억한다, 머릿속으로 특이한 집들을 지었던 것을. 그중 하나는 아주 현대적이고 '유기적인' 집으로, 동굴 안에 있었다. 또 하나는 주로 유리로 이루어져 있었다. 이 모든 집들에는 바닥에서 움푹 들어간 거대한 욕조가 설치된 거대한 욕실이 있었다.

나는 기억한다, 표면이 '물결 진' 커다란 사각 유리벽돌들을.

나는 기억한다, 『페이턴 플레이스』[262]에 나오는 해변에서의 대단한 정사 장면을 읽던 것을.

나는 기억한다, 그 후 한동안 야외에서의 섹스가 내 환상의 큰 부분을 차지했음을. 대개는 해변이었다. 항상 숲에서 이루어진 어떤 미술 선생과의 섹스만 빼고는.

나는 기억한다, 『호밀밭의 파수꾼』[263]을 둘러싼 한바탕의 난리법석을.

나는 기억한다, 레코드 커버에 실린 줄리 런던[264]의 섹시한 사진들을.

나는 기억한다, 리즈와 에디와 데비의 스캔들[265]을.

---

262) *Peyton Place*. 1956년 발표된 그레이스 메탈리어스(Grace Metalious, 1924~64)의 소설. 뉴잉글랜드의 소읍을 배경으로 한 섹스와 폭력, 위선, 불평등의 이야기로, 59주 동안 『뉴욕타임스』 베스트셀러 목록에 머물렀다. 영화와 TV 시리즈로도 만들어졌다.
263) *The Catcher in the Rye*. 1951년 출판된 J. D. 샐린저(Jerome David Salinger, 1919~2010)의 소설. 위선적인 기성 사회에 반항하는 17살의 홀든 콜필드가 주인공이다. 거침없는 내용, 개성적 문체로 찬탄과 논란을 동시에 불러일으켰고, 학교나 도서관의 금서 목록에 오르기도 했다.
264) Julie London(1926~2000). 육감적인 목소리와 외모의 가수이자 영화배우.
265) 1959년 배우 엘리자베스 테일러(Elizabeth Taylor, 1932~2011)가 진한 농료 배우 데비 레이놀즈(Debbie Reynolds, 1932~)의 남편인 가수 에디 피셔(Eddie Fisher, 1928~2010)를 빼앗아 결혼한 사건(네 번째 남편으로, 5년 후 이혼).

나는 기억한다, '우라늄'을.

나는 기억한다, 「콘 티키」[266]를.

나는 기억한다, 비행접시에 관해 오가던 이야기들을. 그게 뭔지 알기도 전이었지만 한 번도 물어본 적이 없었다.

나는 기억한다, 두 가지 색을 칠한 자동차들을. 시간당 50센트를 받던 애보개 일을. 그리고 "나는 아이크가 좋아요" [267]를.

나는 기억한다, 애그니스 구치[268]를.

나는 기억한다, 신문 가판대에 있던 『제트』[269] 잡지를. 하지만 그걸

---

266) *Kon Tiki*. 노르웨이의 탐험가 토르 헤위에르달(Thor Heyerdahl)이 1947년에 뗏목을 타고 태평양을 건너는 과정을 담은 책(1948)과 다큐멘터리 영화(1950). 제목은 그 뗏목의 이름이다.
267) "I Like Ike." 1952년 미국 대통령에 당선된 아이젠하워(Dwight D. Eisenhower, 1890~1969)가 선거 때 내건 구호. 그의 애칭 아이크(Ike)를 활용하여 각운을 맞춘, 단순하면서도 효과적인 구호였다.
268) Agnes Gooch. 작가 패트릭 데니스(Patrick Dennis, 1921~76)의 소설 『메임 고모(*Auntie Mame*)』(1955)에 나오는 인물. 이 소설은 연극, 뮤지컬, 영화로도 만들어져 모두 히트했다.
269) *Jet*. 1951년 창간하여 2014년까지 발행한 주간 흑인 뉴스 잡지. 60년대의 민권운동을 주도적으로 보도하면서 흑인 사회에서 큰 영향력을 행사했다.

훑어볼 엄두를 내지 못했던 것도.

나는 기억한다, 「쉐보레를 타고 미국을 만나요」를 활기차게 부르던 다이너 쇼어를.[270] 그리고 노래가 끝난 다음의 열정적인 '손키스'를. 그러고는 치아를 환히 드러내며 반짝이는 눈빛을 보내던 것을.

나는 기억한다, 스포트라이트가 비추는 원들의 밖으로 빠져나와 거대한 어둠 속으로 사라지던 지미 듀란티[271]를.

나는 기억한다, 「내 직업은 무엇일까요?」[272]에 알린 프랜시스가 항상 하고 나오던 자그마한 다이아몬드 하트 목걸이를.

나는 기억한다, 매주 로레타 영[273]이 방으로 들어올 때 그녀의 치

---

270) 가수이자 방송인이었던 다이너 쇼어는 1956년 쉐보레 사를 스폰서로 하여 시작한 프로그램 「다이너 쇼어의 쉐비 쇼」에서 애국심과 광고를 버무린 노래 "See the U.S.A. in Your Chevrolet"를 불렀다.

271) Jimmy Durante(1893~1980). 가수이자 코미디언·배우. 독특한 음색과 외모로 1920년대부터 반세기 넘게 꾸준한 인기를 누렸다.

272) *What's My Line?* CBS에서 1950~67년에 방송한 패널 게임쇼. 패널들이 그날 나온 게스트의 직업을 맞추는 내용으로, 여배우 알린 프랜시스(Arlene Francis, 1907~2001)도 고정 출연자의 하나였다.

273) Loretta Young(1913~2000). 1948년도 아카데미상을 받은 여배우로 1953~61년에 자신의 이름을 붙인 TV 드라마 시리즈 「로레타 영 쇼」의 진행을 맡았다. 매주 별개의 드라마를 보여주고 마지막에 거실처럼 꾸민 공간에 우아한 차림새의 영이 등상하여 극의 내용을 정리했다.

마에서 나던 '휙' 소리를.

나는 기억한다, 신동 패션 디자이너로 발탁될지도 모른다는 희망을 품고 '프레드릭스 오브 할리우드'[274]에 패션 디자인을 몇 장 그려 보냈으나, 한마디의 응답도 받지 못했던 것을.

나는 기억한다, 주머니의 뚫린 구멍으로 물건을 흘리는, 주로 어린 시절에 겪게 되는 문제를.

나는 기억한다, 비오는 날 밖에서 걸을 때, 얼굴을 잔뜩 찌푸리고 바삐 스쳐 지나가던 사람들을.

나는 기억한다, 표백제 얼룩이 진 청바지를.

나는 기억한다, 「거상의 길」[275]에서 우르르 몰려오던 코끼리 떼를.

나는 기억한다, 역시 「거상의 길」이지 싶은데, 엄청난 부피의 하얀색 시폰[276]에 휩싸여 있는 엘리자베스 테일러를.

---

274) Frederick's of Hollywood. 야하고 화려한 여성 속옷을 만들어 팔던 회사.
275) Elephant Walk, 엘리자베스 테일러가 주연한 1954년 영화. 실론(현 스리랑카)을 배경으로 영국인 여성의 로맨스와 모험을 그렸다.
276) chiffon. 실크나 면, 합성섬유 따위로 만드는 부드럽고 얇은 천. 주로 여성용 드

나는 기억한다, 록 허드슨의 "아직 천생연분이 나타나주기를 기다리고 있다"는 말을.

나는 기억한다, 예술 영화들에서 본, 두 명의 수녀가 지나가는 장면을.

나는 기억한다, 검은색 옷을 쫙 빼입고 (하얀 손수건을 쥔 채) 다리를 꼰 자세로 증인석에 앉아 있는 예쁜 여자들을.

나는 기억한다, 라나 터너가 자신이 치른 여러 번의 결혼식 중 하나에서 갈색 옷을 (으윽) 입었던 것을.

나는 기억한다, 아주 무서운 영화나 아주 슬픈 영화를 볼 때 나 자신에게 "이건 영화일 뿐이야"라고 계속 되뇌어야 했던 것을.

나는 기억한다, 못된 교도소장들을.

나는 기억한다, 언젠가 '스멜러라마'[277]라고 불리는 것에 대한 애

레스나 리본 등에 사용된다.
277) Smell-O-Rama. 영화 관련 신조어에 흔히 쓰이는 '-orama'를 'smell(냄새)'에 붙여 만든 단어. 'panorama, diorama' 따위 단어에서도 보이는 '-orama'는 '…전(展), …관(館), 쇼' 등을 의미한다.

기를 들었던 일을. 그때그때 장면에 맞는 냄새를 파이프를 통해 극
장 안에 퍼뜨리는 영화라고 했다.

나는 기억한다, "배역 담당자의 소파"[278]라는 말을.

나는 기억한다, 수많은 거울에 비치던, 꽃분홍색 새틴 드레스를 입
은 메릴린 먼로를.

나는 기억한다, 메릴린 먼로와 조 디마지오[279]가 갈라선 것은 메
릴린이 침대에 그 둘 외에 다른 여자가 있지 않으면 쾌감을 느끼지
못했고, 조는 그런 일에 넌더리가 났기 때문이라는 소문을.

나는 기억한다, 메릴린 먼로와 존 케네디의 불륜에 관한 소문을.

나는 기억한다, 고머 파일[280]과 록 허드슨의 연애에 관한 소문을.

---

278) casting couch. 영화나 드라마 등의 배역 담당자나 제작자가 발탁을 미끼로 배우
들에게 성 접대를 요구하는 행태를 비꼬는 말.
279) Joe DiMaggio(1914~99). 뉴욕 양키스에서 활약한 전설적인 야구 선수로, 은퇴
후인 1954년 메릴린 먼로와 결혼했으나 그 해를 넘기지 못하고 이혼했다.
280) Gomer Pyle. 배우이자 가수인 짐 네이버스(Jim Nabors, 1930~)가 1962년부터
TV 프로그램 「앤디 그리피스 쇼」에서 맡은 캐릭터. 나중에 사실무근으로 밝혀졌지
만, 네이버스와 허드슨이 비밀리에 (동성) 결혼을 했다는 소문이 한동안 나돌았다.

나는 기억한다, '12세 이하' 요금으로 입장하기 위해 매번 신분증을 보여야만 했던 아주 키 큰 여자애를.

나는 기억한다, 연한 금색의 가구들을.

나는 기억한다, 21인치 텔레비전 화면을!

나는 기억한다, 조지와 그레이시, 그리고 해리 폰 젤을.[281]

나는 기억한다, (아 졸려) '킹스턴 트리오'[282]를.

나는 기억한다, '무신론자'가 무서운 말이었던 때를.

나는 기억한다, 어린 남자애들이 입던 옷깃 없는 작은 양복을.

나는 기억한다, 식탁에 달려 있는 보조 날개를.

281) 코미디언이자 배우 조지 번스(George Burns, 1896~1996)가 단짝 코미디언 그레이시 앨런(Gracie Allen, 1895~1964)과 함께 출연한 TV 시트콤 「조지 번스와 그레이시 앨런 쇼」(1951~58)에 아나운서이자 배우인 젤(Harry von Zell, 1906~81)이 역시 아나운서로 고정 출연했다.
282) The Kingston Trio. 1950~60년대 포크 음악의 부흥을 이끈 3인조 그룹.

나는 기억한다, 잠시나마 '입냄새'를 걱정하던 때를. 학교 보건 수업의 결과였다.

나는 기억한다, "입냄새의 대부분은 세균 때문에 생긴다"는 말을.

나는 기억한다, 세균은 *어디에나* 있다는 것을!

나는 기억한다, 세균들이 오만 것들 위에 기어 다니는 모습을 (눈 앞에 있는 것처럼) 떠올려보려 했던 것을.

나는 기억한다, 내가 떠올린 세균들은 보통의 곤충들을 상당히 닮은 모습이었다는 것을. 물론 크기는 훨씬 작았지만.

나는 기억한다, 사람들이 있는 데서 손바닥에 대고 재채기를 하고 나서는 그걸 어떻게 '처리'할까 난감해했던 것을.

나는 기억한다, 새 안경을 닦는 데 쓰던, 가장자리가 지그재그 모양인 부드러운 분홍색 헝겊 조각을.

나는 기억한다, 길거리를 걸을 때 갈라진 금을 밟지 않으려 노력했

던 것을.[283]

나는 기억한다, "금을 밟으면 어머니 허리가 부러진다"는 말을.

나는 기억한다, 어딘지 모르게 약간 이상해 보이던 크리스천 사이언스 독서실[284]을.

나는 기억한다, 언젠가 내가 아주 어렸을 적에 돌아가시기 직전의 증조할머니를 뵈었던 일을. (하지만 그때의 기억이 모호한 탓에 더 얘기할 것은 없고 그저 숙연해질[285] 따름이다.)

나는 기억한다, 숨바꼭질을, 그리고 100까지 세는 동안 샛눈으로 엿보던 것을.

---

283) 이것과 다음 항목은 아이들이 길바닥이 갈라진 부분이나 보도블록 사이의 금을 피해 가는 (19세기에 시작된) 놀이를 하면서 부르는 구절, "Step on a crack, break your mother's back"에서 온 것이다. 나머지 부분까지 포함한 버전 하나를 보면 다음과 같다. "Step on a line, break your mother's spine / Step on a hole, break your mother's sugar bowl / Step on a nail, you'll put your dad in jail."

284) Christian Science Reading Room. 기독교 계통의 한 종파인 '크리스천 사이언스'에서 그들 교회가 있는 곳에 설치한 도서 열람실. 교육과 전도에 활용하며, 현재 전 세계에 약 2,000 군데가 있다.

285) 원문 표현은 "say 'prune'"이다. 말린 자두를 뜻하는 'prune'을 발음해보면 'cheese'라 할 때와 반대로 입술이 조여진다. 그래서 "say 'prune'"이라는 표현은 엄숙하거나 새침한 표정을 짓는다는(혹은 지으라는) 뜻이다.

나는 기억한다, 내가 '알비노'[286]라고 상상하는 것이 그냥 '색소가 없다'고 하는 것보다 왠지 더 신비스러워 보였음을.

나는 기억한다, 치자 꽃잎의 갈색 반점들을.

나는 기억한다, 파이프 클리너[287]를 하트 모양으로 구부려 만든 코르사주들을. 망사 주름이 꽃받침 노릇을 했다. 그 코르사주를 옷에 다는 데 썼던, 한쪽 끝에 진주 구슬이 달린 기다란 핀도 기억난다.

나는 기억한다, (소리를 내어) '핀'과 '펜'의 문제를.[288]

나는 기억한다, 여자애에게 코르사주를 달아주는 게 언제나 놀림감이었던 것을. (낄낄 키득키득.)

나는 기억한다, 파더(father)라고 하면 너무 형식적인 것 같고, 대디(daddy)는 생각해볼 여지도 없고, 대드(dad)는 짐짓 격의 없는 척

---

286) albino. 백색증에 걸린 사람. 백색증(albinism)은 동물이나 사람의 피부와 모발, 눈 등에서 멜라닌 색소가 전혀 혹은 거의 합성되지 않는 선천성 유전 질환이다.
287) 가는 철끈 두 줄을 꼰 뒤 면이나 비스코스 실을 입히고 종종 솔 같은 털을 붙인 것으로, 자유자재로 구부릴 수 있어서 공작 등 다른 용도로도 많이 쓰인다.
288) 'pen'을 'pin'처럼 발음하는 문제를 말한다. 미국 남부 등 일부 지방 사람들이 [m], [n], [ŋ] 같은 콧소리 앞의 /ɛ/를 /I/로 발음하는데, 브레이너드가 태어난 아칸소, 소년기를 보낸 오클라호마 모두 남부의 주들로, 이 발음 지역에 속한다.

하는 것으로 여겨지던 때를. 하지만 나는 셋 중에서 그나마 차악으로 보이는 대드를 선택했다.

나는 기억한다, 언젠가 내 귀두 끝의 구멍을 찬찬히 관찰했던 일과, 그게 금붕어 입 같다고 생각했던 것을.

나는 기억한다, 싸구려 잡화점의 금붕어용 수조를. 그리고 금붕어들을 건져 올리는 데 쓰던 나일론 그물을.

나는 기억한다, 도자기로 만든 성을. 인어들을. 일본풍의 다리를. 그리고 다양한 크기의 둥그런 유리그릇들을.

나는 기억한다, 커다란 검은색 금붕어와 그걸 집에까지 담아 오던 조그만 하얀색 종이 곽을.

나는 기억한다, 메이 웨스트[289]가 남자의 정액으로 세수를 해서 외모를 젊게 유지한다는 소문을.

나는 기억한다, 여자들이 절정에서 분비하는 애액도 남자들 것처

289) Mae West(1893~1980). 할리우드 초창기부터의 섹스 심벌이며, 이후 70년간 연예계의 다양한 분야에서 활동한 배우이자 가수.

럼 '컴'[290]이라고 부르는지 궁금해하던 것을.

　나는 기억한다, 항문으로 성교를 할 때 똥은 어떡하나 (으윽) 궁금
해하던 것을.

　나는 기억한다, 움푹 파인 탁구공들을.

　나는 기억한다, 허리 둘레에 니트로 된 띠가 있는, 앞이 막힌 레이
온 셔츠를.

　나는 기억한다, 잠기지 않는 화장실 문과, 그래서 오줌을 빨리 누
려 했던 것을.

　나는 기억한다, 냄새가 지독한 똥을 누었을 때는 기다리던 누군가
가 곧바로 들어오지 않기를 바라던 것을.

　나는 기억한다, 드러그스토어에 맡겨서 뽑은 사진들을 찾을 때 느
끼곤 하던 실망감을.

---

290) 속어 'cum'은 동사로서는 성교 시 '절정에 오른다'는 뜻이고, 명사로서는 남자가
사출하는 정액을 가리킨다(본디는 'come'이지만, 일반적 의미와 구별하려고 흔히 철
자를 바꿔 쓴다). 여기서 얘기하고 있는 것은 이른바 'female cum'이다.

나는 기억한다, 점프하는 콩[291]을, 그리고 그게 얼마나 실망스러웠는지를. (게을렀다.) 고작 몇 번 튀어 뒤집고는 그만이었다.

나는 기억한다, 드러그스토어 카운터에서 먹던 '흰 빵'의 달걀 샐러드 샌드위치와 커다란 체리 코크를.

나는 기억한다, 드러그스토어 카운터의 등받이 없는 의자를. 그 위에 앉아 빙글빙글 돌던 것도.

나는 기억한다, 바닥이 저 아래 멀리 있는 듯 보이던 시절을.

나는 기억한다, 정신 분석가를 찾아가는 것이 (적어도 내게는) 진짜로 병들었다는 의미이던 때를.

나는 기억한다, 완벽한 얼굴의 아주 멋진 남자 모델을 찍은 잡지 사진들을. 그리고, 그렇게 생겼다면 도대체 어떤 기분일까를 거의 육체적인 아픔을 느끼면서 궁금해하던 것을. (천국이겠지!)

나는 기억한다, 『에스콰이어』 잡지 뒤표지에 실리곤 하던, 아래

---

291) jumping beans. 멕시코 원산인 대극과(콩과가 아니다) 식물의 씨로 그 안에 작은 나방의 애벌레가 기생하는데, 열을 가하면 그것이 피하려고 움직이면서 씨앗 전체가 튀게 된다.

거기가 엄청 불룩한 꼭 끼는 수영복과 속옷의 그 섹시한 작은 광고
들을.

나는 기억한다, 새로 산 폴라로이드 사진기와 자동 셔터를 가지고
딴 세상에 있는 듯 자기애적인 사진을 맘껏 찍어대다가 (자랑스럽게
말하건대) 금방 그 일도 상당히 지겨워졌던 것을.

나는 기억한다, "반 푼어치도"라는 말과 "나름대로 표현해 보자
면"이라는 말을.

나는 기억한다, 2달러짜리 지폐를. 1달러 은화도.

나는 기억한다, 줄의 한쪽 끝에 껌을 붙이고 늘어뜨려 길가 배수
구 창살 사이로 빠진 돈을 되찾는 것에 관한 만화들을.

나는 기억한다, '더블 버블'[292] 껌에 들어 있던 만화를. 또 껌에 묻
어 있는 달달한 '가루'를 핥아먹던 것을.

나는 기억한다, '클로브(clove)' 껌을 씹던 시기를. 그리고 '주시

---

292) Dubble Bubble. 1928년 미국의 플리어(Fleer) 추잉껌 사에서 출시해 풍선껌 시
대를 연 제품.

프루트(Juicy Fruit)' 껌의 시기를. 그다음엔 (고등학교 때) '덴타인
(Dentyne)'이 왠지 모르게 세련된 취향의 선택 같았던 시기를.

나는 기억한다, '덴타인'이 치과 의사들에게서 가장 많이 추천받
은 껌이라는 얘기를.

나는 기억한다, 아주 관대하게도 나를 낙제시키지 않고 봐주었던
대수 선생님을. 버드 선생님이었다. 선생님은 내가 대수에는 완전
히 구제 불능이라는 점을 간파했고, 그래서 나를 사실상 제쳐놓았
던 것 같다. (상냥한 방식이긴 했지만.) 그는 이듬해에 암으로 사망
했다.

나는 기억한다, 지구본을. 두루마리 지도를. 그리고 끝에 고무를
붙인 나무 지시봉을.

나는 기억한다, 아래부터 중간까지 연한 녹색으로 칠해진 벽들을.
그리고 갈색 계통의 수많은 액자들을.

나는 기억한다, 수업이 끝나고 숱한 라커 문들이 우당탕탕 닫히던
삼사 분 동안을. 그리고 복도를 따라 길게 울리던 메아리들을.

나는 기억한다, 지퍼 달린 노트 위에 책을 층층이 쌓아 꼭 끌어안

은 팔들을. 짐이 너무 많은 경우에는 떨어뜨리지 않기 위해 몸을 좀 비트는 자세를 취할 수밖에 없었던.

나는 기억한다, 종이 울리는 순간 교실에 들어가는 것은 종이 울릴 때 제자리에 앉아 있는 것과 같지 않다는 점을.

나는 기억한다, 꽃가게 창에 단풍잎들과 함께 진열되어 있던 커다란 노란색 국화꽃들을.

나는 기억한다, 잡지 사진들 속, 미식축구 경기장에서, 갈색 비버 모피 코트들에 달려 있던 커다란 노란색 국화 코르사주를.

나는 기억한다, 분필 색 같은 '네코 웨이퍼스'[293]의 파스텔 색깔들을.

나는 기억한다, 한 선생님이 스타킹을 가끔 무릎 바로 아래까지 말아 내려 드러냈을 때의 그녀의 다리를.

나는 기억한다, 얼굴도 잘 기억나지 않는 (크고 검은 테의 안경을 끼고 있었다) 별 재미가 없었던 금발의 젊은 심리학 선생을. 그가 섹시하

---

293) Necco Wafers. 노란색, 초록색, 분홍색, 검은색 등 8가지의 파스텔 색상을 띤 동그랗고 납작하고 작은 사탕 과자.

다고 생각하려 해봤던 것도 기억난다. 하지만 그러기는 어려웠다.

나는 기억한다, 체인에 매달아 목에 건 졸업 반지들을.

나는 기억한다, 자기가 어떤 사교 클럽에 가입 서약을 했다는 표시로 블라우스나 스웨터에 핀으로 달던 색깔 있는 작은 리본들을.

나는 기억한다, '엿 먹이는' 손가락을.

나는 기억한다, '후레자식'[294]이라는 말이 무슨 뜻인지를 알게 되자 내가 느꼈던 그 말의 무게가 많이 가벼워졌던 것을. 나는 그보다 *훨씬* 나쁜 뜻이리라 예상했었다.

나는 기억한다, 라인석이 점점이 박힌 화려한 안경을.

나는 기억한다, (인기 많은 녀석들이 신던) 소박한 로퍼를. 떼돈을 써야 살 수 있는 종류의 '소박함'이지만.

나는 기억한다, 린다 버그를. 한번은 그녀가 내게 속내를 털어놨

---

294) '나쁜 놈'이라는 뜻의 욕으로 범용되는 이 말은 본디 '사생아', 즉 부부가 아닌 남녀 사이에서 태어난 아이를 뜻한다.

다. "너무 멀리 나가는" 것은 안 되지만 가슴을 만져주는 것은 아주 좋아한다며(그 정도도 내게는 상당히 멀리 나가는 것이었다), 자기가 그러는 게 잘못이라고 생각하느냐는 거였다. (도와줘요!)

나는 기억한다, 스포츠 머리의 유행이 한참 지난 뒤에 윗머리를 엄청 세운 스포츠 머리를 했던 '백인 쓰레기' 사내애를.

나는 기억한다, 팬티의 허리 밴드를 불알 밑까지 당겨 내려 성기 전체가 '추켜올려지게' 하고, 그에 따라 내 물건이 실제보다 더 큼직해 보이도록 해봤던 일을.

나는 기억한다, 어디든 사람들이 많이 있는 곳에서 갑자기 발기가 되면 어떡하나 두려워했던 것을.

나는 기억한다, 마리화나를 너무 많이 피우고 섹스를 하는 바람에 머릿속과 아랫녘 일이 완전히 따로 놀던 경험을.

나는 기억한다, 모든 일이 멋지게 풀려 나가다 ("헐떡헐떡") 갑자기 두 사람 모두 다음에 뭘 '해야' 할지 잘 모르겠던 때를. (서로가 머뭇머뭇.) 이럴 때 재빨리 뭔가 행동을 취하지 않으면, 미안하지만 말 장난을 좀 쳐서, 정말 '축 처져버릴' 수도 있다.

나는 기억한다, 한바탕 끌어안고 애무를 한 상태에서 새삼 옷 벗는 단계를 거치는 게 때로는 얼마나 흥을 깨는 일이 될 수 있는지를.

나는 기억한다, 언젠가 격정에 사로잡혀 상대 남자의 터틀넥 스웨터를 벗기려 했던 것을. 그런데 알고 보니 그건 터틀넥 스웨터가 아니었다.

나는 기억한다, 머릿속에 떠오르던 성적 환상 한 대목을. 그 환상 속에서 나는, 내가 사는 곳인지 방문한 곳인지는 기억나지 않지만, 어쨌든 어느 아파트 건물의 층계 아래 바닥에서 강제로 '일을 치러야' 했다. 상대였던 그 미친 색마 강간범은, 두말할 필요 없이, 진짜 근사했다.

나는 기억한다, 사랑하는 사이에서 한순간에 사람을 미치게 만들 수 있는 낯익은 몸짓들을.

나는 기억한다, 스타킹이 가득하던 서랍장의 자그마한 맨 위 칸과, 짝이 맞는 스타킹을 허둥지둥 찾던 어머니의 모습을.

나는 기억한다, 그 서랍 칸 스타킹들 사이에 내가 보면 곤란한 물건들이 숨겨져 있는 걸 발견했던 일을.

나는 기억한다, 접이식 칸들이 달린 어머니의 녹두색 '가죽' 보석
함 내부에 깔려 있던 녹두색 벨벳 안감을. 집에 혼자 있을 때면 보석
함 안에 들어 있는 것들을 하나하나 찬찬히 뜯어보고 내 마음에 드
는 걸 골라보는 일을 정말 즐겼다. 때로는 직접 걸쳐보기도 했지만
대개는 그냥 보는 것만으로 좋았다.

나는 기억한다, 아주 어릴 때부터 모든 것을 정확히 제자리에 원
모습대로 되돌려 놓는 기술을 익혔던 것을.

나는 기억한다, 아버지가 사람들 앞에서 다정하게 끌어안곤 했던
것을. 대개는 장난삼아 짓누르는 식이었다. 어떤 반응을 보여야 할
지 난감했던 기억도 난다. 그래서 얼굴을 붉히며 소리 없이 씩 웃고
는 그 순간이 지나갈 때까지 시선을 깔고 있었다.

나는 기억한다, '전시용으로' 지은 웃음을 우아하게 거두기가 얼마
나 어려웠는지를.

나는 기억한다, 벌어지고 있는 상황에 더 이상 어울리지 않는 표
정이 내 얼굴에 남아 있음을 깨닫곤 하던 것을.

나는 기억한다, 턱 근육에 힘을 주는 연습을 했던 것을. 그게 섹시
해 보이는 것 같았기에.

나는 기억한다, 내 눈썹이 콧마루 위까지 퍼지기 시작했을 때, 덕분에 몽고메리 클리프트와 조금 더 닮아 보이겠다고 생각했던 것을. (조금 *더*라니?) 하기는, 지금 막 기억난 건데, 내가 약간은 몽고메리 클리프트를 닮았다고 남몰래 생각하던 시기가 있긴 했다.

나는 기억한다, 언젠가 메릴린이라는 이름의 여자애와 차 뒷좌석에 앉아 너무 속 보이지 않도록 조심하면서 그녀의 등 뒤로 팔을 넣으려고 했던 것을. 하지만 세심하게 한답시고 지나치게 시간을 끄는 바람에 오히려 *아주* 속 보이는 동작이 되고 말았다.

나는 기억한다, 그다음엔 키스가 좀 오갔던 것을. 그리고 마침내 용기를 내어 그녀의 입 속에 내 혀를 밀어 넣었던 것을. 한데, (그다음은 어쩌지? 도와줘요!) 그래서 그냥 넣었다 뺐다, 넣었다 뺐다를 여러 번 했는데, 그러다 보니 뭔가 징글맞은 느낌이 들기 시작했고, 다 망쳤다는 걸 알 수 있었다.

나는 기억한다, 오하이오 주 데이턴에서 혀를 어떻게 써야 하는지를 내게 '가르쳐준' 여자애를. 나중에 보니 혀를 어떻게 쓰면 절대 안 되는지를 가르쳐준 셈이었다. 그런 식으로는 누군가를 진짜로 다치게 할 수도 있었으니. (질식시킨다고 할까.)

나는 기억한다, 흑인들을 딱하게 여겼던 것을. 그들이 박해를 받는다고 생각했기 때문이 아니라 그들이 못생겼다고 생각했기 때문이었다.

나는 기억한다, 언젠가 아주 어릴 적에 어머니가 웨이브를 만들려고 머리를 금속 집게로 집었던 것을. 나도 하고 싶다고 얘기하자 어머니는 내 머리도 집게로 집어주었다. 그러다가 머리에 그게 붙어 있는 걸 깜빡하고 밖으로 놀러 나갔다. 정확히 무슨 일이 있었는지는 기억나지 않지만, 창피를 당하고 집으로 뛰어 들어왔던 것은 기억이 난다.

나는 기억한다, 어머니가 아주 작은 실보무라지도 보이는 대로 떼어버리던 것을.

나는 기억한다, 소파의 끝에, 무심히 두는 듯하지만 언제나 배열이 똑같았던 네 개의 작은 쿠션을.

나는 기억한다, 손님이 왔을 때 말고는 아무도 그 소파에 앉지 않았던 것을. (연한 베이지색이었다.)

나는 기억한다, (아주 어렴풋하지만) 길 건너편에 살다 돌아가신 어떤 할머니에 대해 어머니가 얘기하는 것을 들은 일을. 할머니 사후에 그 집으로 이사 온 사람들이 "그 냄새"를 도저히 지울 수 없다고 불평했다는 거였다.

나는 기억한다, 나병 환자들을 보내버리는 섬들에 대한 무서운 상
상을.

나는 기억한다, 처음 먹어본 바닷가재 속에 든 '초록색 물질'을.

나는 기억한다, (으윽) 흰색 간호사용 신발을.

나는 기억한다, 화장실 물을 내린 다음 똥이 '여행하는' 경로를 떠
올려보려 했던 것을.

나는 기억한다, 공중변소에서 옆에 누군가가 서 있을 때는 '시동'
을 거는 시간이 아주 길게 느껴지던 것을.

나는 기억한다, 핼러윈 때면 가면을 쓸 건지 앞을 볼 건지를 놓고
해마다 고민하던 일을. (안경 때문에.)

나는 기억한다, 새틴 아이마스크 위로 안경을 썼던 것을.

나는 기억한다, 자기네 잔디밭을 제대로 관리하지 않는 옆집 사람
들을.

나는 기억한다, 핼러윈 다음날 오가던 말들, 비누칠이 되어 있는 자동차 창문과 엉뚱한 포치에서 모습을 드러낸 정원용 가구 따위에 관한 이야기들을.

나는 기억한다, 엄지손가락을 뒤로 완전히 젖힐 수 있었던 여자애를. 또 귀를 한쪽씩 움직거릴 수 있었던 남자애를.

나는 기억한다, 어떤 여자가 어머니에게 백과사전 한 질을 사라고 설득하는 데에 거의 성공할 뻔했던 일을.

나는 기억한다, 슈퍼마켓에서 파는 백과사전[295]을 읽기 시작했던 것을. 하지만 3권까지밖에는 진도가 나가지 못했다.

나는 기억한다, 언젠가는 백과사전 한 질을 다 읽고 모든 것을 알게 되는 공상을 해보던 일을.

나는 기억한다, *거대한* 사전들을.

나는 기억한다, 페이퍼백 탐정소설 뒤표지에 실리곤 하던, 사건이

---

295) 도판이 아주 많이 들어간 아동용 백과사전을 말한다. 대표적인 것이 『골든 북 백과사전』(1959년판은 전 16권)으로, 1960년께의 전성기에는 개별 권수로 연간 수천만 권이 나간 적도 있다고 한다.

일어난 집의 아름답게 채색된 파스텔 평면도들을.

나는 기억한다, (호숫가 생활 시절의) 모기들을.

나는 기억한다, 뿌리는 모기약을. 모기가 문 자국들을. 그리고 거기에 바르는 약을.

나는 기억한다, 밤 시간에 벌레들이 망창에 부딪히며 내는 작은 '툭툭' 소리를.

나는 기억한다, 밤이면 어둠을 헤치고 오줌을 누러 나가면서 혹 무얼 밟지 않을까 어디에 빠지지 않을까, 온갖 상상을 했던 것을.

나는 기억한다, 따뜻한 갈색 물속에서 발가락 사이를 파고들던 차가운 진흙을.

나는 기억한다, 완전히 마르지 않은 수영복을 입으려 했던 것을. (으윽.)

나는 기억한다, 수영복 바지 안에 달린 하얀색 허리끈을.

나는 기억한다, 주위에 진한 녹색과 갈색이 많았던 것을. 그리고 빨간색 카누가 한 척 있었지 싶고.

나는 기억한다, 한참 전 어느 여름의 빨간색 새 샌들을. 나는 샌들이 정말 싫었다.

나는 기억한다, 피스타치오를 까먹어서 빨갛게 물든 손가락을.[296]

나는 기억한다, 감초를 먹어서 까매진 혓바닥을.

나는 기억한다, 색색의 설탕 비슷한 뭔가가 들어 있던 작은 봉지들과, 먹는 봉지에 따라 온갖 다른 색깔이 되던 혓바닥들을.

나는 기억한다, 케이티 킨을. 그리고 케이티의 어린 여동생 '시스(Sis)'가 쓰고 있던 지팡이사탕 안경도.

나는 기억한다, 케이티의 돈 많은 남자친구, 금발에 차도 한 대만이 아닌 랜디를. 그리고 가난한 남자친구, 곱슬머리에 차도 없는 권투선수 K.O.를.

나는 기억한다, 언젠가는 케이티가 K.O.랑 맺어지리라고 은연중

---

296) 피스타치오는 빨간색이나 초록색으로 물들여서 팔기도 한다.

에 느꼈음을.

나는 기억한다, 앞면에 셀로판지 '창'이 나 있는 네모 상자 속에 치마 뒷자락을 위쪽으로 펼친 채 들어 있던 화려한 의상의 인형들을.

나는 기억한다, 내가 *아주* 어렸을 적의 레스토랑에 대해 가장 기억나는 것들인 프렌치프라이와 빨대와 이쑤시개를.

나는 기억한다, 버스를 타고 주택가를 지나며 차창을 내다보는데 불현듯 길거리의 모든 사람이 알몸으로 돌아다니는 환상이 눈앞을 스쳐 갔던 일을.

나는 기억한다, '바로 이 순간' 전 세계에서 얼마나 많은 사람이 섹스를 하고 있을까 하는 상상이 느닷없이 머리를 스쳐 갔던 것을.

나는 기억한다, '찬사 일변도인 리뷰'의 환상을. 전시회 작품이 매진되는 환상도.

나는 기억한다, 모든 사람을 눈물바다에 빠뜨리는 시 낭송의 환상을. (감동의 눈물 말이다.)

나는 기억한다, 어디서 왔는지 모르게 갑자기 떠오른 공상, 카네

204

기홀에서 '조 브레이너드와의 저녁'이 열린다고 발표하고 내가 노래를 하고 춤도 출 수 있다는 사실로 모두를 놀라게 하는 그런 공상들을. 하지만 공연은 단 한 번뿐. (대박 히트를 쳐서 사람들은 더 많은 공연을 원하겠지만) 나는 단호하게 거절한다. 예술을 위해 스타가 될 기회를 희생하는 것. 그래서 이 한 번의 공연은 전설이 된다. 그걸 놓친 사람들은 아쉬워 죽을 지경이다. 하지만 내 고집을 꺾을 수는 없다.

나는 기억한다(웩), 쓴 박하 드롭스를.

나는 기억한다, 레스토랑에서 새우튀김을 먹을 때 타르타르소스가 모자랐던 것을.

나는 기억한다, '프랑스 엽서'[297]들을.

나는 기억한다, 각종 카드에 가격표를 달 때 쓰던 작고 동그란 클립들을.

나는 기억한다, 어딘가에 진짜 깃털이 붙어 있던 카드를.

---

297) French postcards. 엽서 형태의 에로틱한 사진들. 전라 혹은 반라의 여인들을 찍은 것이다. 19세기 말~20세기 초 프랑스에서 많이 만들어졌기 때문에 붙은 이름이다.

나는 기억한다, 피크닉을.

나는 기억한다, 까맣게 그을린 마시멜로와 그 안에서 비어져 나오던 따뜻하고 하얀 부분을.

나는 기억한다, 겨자와 병따개는 항상 까먹기 쉬운 것들이었음을. 하지만 둘 다 실제로 까먹은 기억은 없다.

나는 기억한다, 냅킨이 날아가지 않도록 그 위를 뭔가로 눌러놨던 것을.

나는 기억한다, 빨간색 플라스틱 포크와 초록색 플라스틱 포크를.

나는 기억한다, 나무 포크로는 커다란 감자 샐러드 덩어리를 다루기 어려웠던 것을.

나는 기억한다, 오렌지 탄산음료를 찾으려고 얼음처럼 차가운 물속을 헤집던 일을.

나는 기억한다, 제목이 「레다」였지 싶은 끔찍한 '예술' 영화에 나온 (영화에서는 '최초'인) 벨몽도의 벗은 엉덩이를.[298]

---

298) 프랑스 영화감독 클로드 샤브롤(Claude Chabrol, 1930~2010)의 스릴러 영화 「레

나는 기억한다, 영화배우들의 코 성형수술을 둘러싼 무성한 소문들을.

나는 기억한다, 「어울리지 않는 사람들」에서 메릴린 먼로가 벽에 패들볼을 칠 때 입고 있던 원피스의 체리 무늬를.

나는 기억한다, 어떤 패션 디자이너에 관한 뮤지컬 영화에 나온, 등 쪽에 라인석 거미줄 장식이 있고 소매가 박쥐 날개 같은 검은색 벨벳 슈트를.

나는 기억한다, 예술 영화에서 이탈리아 남자들이 입고 나온 살짝 '계집애 같은' 바지를.

나는 기억한다, 「카라마조프의 형제들」에 나온 마리아 셸[299]의 아주 촉촉한 눈동자를.

나는 기억한다, 「7인의 신부」[300]에 나오는 수많은 야단법석 장면들을.

다(Leda, 프랑스어 제목 À double tour)」(1959)에서 당시 신인이던 장폴 벨몽도(Jean-Paul Belmondo, 1933~)는 살인 미스터리를 추적하는 역할을 맡았다.
299) Maria Schell(1926~2005). 1950~60년대 독일 영화계의 스타였던 오스트리아 출신 배우로, 1957년 작 할리우드 영화 「카라마조프의 형제들(The Brothers Karamazov)」에서 여주인공을 맡았다.
300) Seven Brides for Seven Brothers(1954). 19세기 후반 여자가 귀했던 개척지 오리건

나는 기억한다, 제인 러셀과 여러 명의 근육질 남자들이 호화 여
객선의 수영장 가에서 한바탕 노래와 춤을 선보이던 장면을.[301]

나는 기억한다, 에스터 윌리엄스[302]의 아주 큰 얼굴을.

나는 기억한다, 영화관에서 손전등으로 좌석을 비추며 안내해주
던 것을.

나는 기억한다, 팝콘 상자와 핫도그가 춤을 추며 "모두들 로비에
나가서 맛있는 걸 사오자!"라고 노래하던 것을.[303]

나는 기억한다, 금속 줄에 매달려 온 몸을 기어 다니는 살아 있는
곤충 보석 장신구에 관한 패션 뉴스 영화를.

나는 기억한다, 이전에도 겪은 적이 있다는 느낌(기억)이 불현듯

주에서 7명의 형제들이 신붓감을 찾아 나서면서 벌어지는 소동을 그린 뮤지컬 영화다.
301) 이 책 앞쪽에서 언급된 영화 「프렌치 라인」(1954)에 나온다.
302) Esther Williams(1921~2013). 수영 선수 출신의 여배우. 특기인 싱크로나이즈드
스위밍과 다이빙을 보여줄 수 있는 '아쿠아뮤지컬(aquamusical)'이라는 서브장르가 생
겼을 정도로 1940~50년대에 인기가 높았다.
303) 스낵 푸드들이 노래하고 춤추는 짧은 애니메이션 「모두들 로비로 가자(Let's All
Go to the Lobby)」를 말한다. 1950년대 후반부터 대다수 미국 영화관에서 본영화 시
작 전에 상영하여 구내매점 판촉 효과를 거두었다.

밀려오는 상황에 처했던 일들을. '데자뷔' 현상이랄까.

나는 기억한다, 정말로 행복한 건지 정말로 슬픈 건지 알 수 없었던 그런 순간들을. (눈물이 나면서도 가슴은 벅차오르는.)

나는 기억한다, 군중 속에서의 완전한 고립을!

나는 기억한다, 파티에서의 알몸을!

나는 기억한다, 우리가 (생명이란 것이) 얼마나 스러지기 쉬운 건지를 몸으로 깨닫곤 했던 것을.

나는 기억한다, 어떻게든 알아내려고(생명이란 무엇인지를), 그걸 뭔가 근본적인 어떤 것으로 환원해보려 했으나 결국은 아무런 결론도 얻지 못했던 일을. 남은 건 어지러운 머리뿐.

나는 기억한다, 동성애자 화가도 '정상적인' 화가만큼 여성 누드를 잘 그릴 수 있는지에 대해 테드 베리건과 언젠가 길고 진지한 토론을 했던 일을.

나는 기억한다, "이제 잠자리에 드오니 (어쩌고)"[304]하는 것을.

나는 기억한다, 아침에 막 일어났을 때 살갗에 남아 있는 붉은 주름 자국을.

나는 기억한다, 어머니가 나를 구석으로 몰아넣고 여드름을 짜주던 것을. (죽도록 아팠다.)

나는 기억한다, (역시 죽도록 아픈) 토요일 밤 손톱으로 두피까지 박박 문지르는 머리 감기를.

나는 기억한다, 아마도 미래 어느 시점에는 사람들이 그날 입은 옷 색깔에 맞춰 매일 다른 색깔로 머리를 염색하게 되리라고 예언했던 것을.

나는 기억한다, '퀴어'라는 단어를 ('유별난'이라는 의미로) 자주 사용했던 어느 선생님을. 그때마다 여기저기서 키득거리는 소리가 났던 것도.

---

304) Now I lay me down to sleep. 잠들기 전 자신의 영혼을 지켜달라고 비는, 어린이들의 전통적 기도문의 첫 구절. 18세기부터 쓰였으며, 현대의 노래 가사에도 많이 인용된다.

나는 기억한다, 왠지는 몰라도 '페어리'[305]라는 단어에 아이들이 키득거리기 시작했던 때를. 그러다 나중에 그 이유를 알게 되었던 게 기억난다. 지금 기억이 나지 않는 것은 내가 *어떻게* 그 의미를 터득했는지다. 아마 보고 들은 이것저것을 종합하는 점진적 과정을 통해서였지 싶다. 거기에 약간의 추론을 보태서.

나는 기억한다, 체인에 연결돼 있는 하얀색 고무 재질의 개수대 마개를.

나는 기억한다, 욕조에서 일어서면 안 된다는 것을. 미끄러져 넘어지면 머리통이 깨질 수도 있으니까.

나는 기억한다, "이번이 마지막으로 말하는 거다"라는 소리를.

나는 기억한다, ("하지만 왜요?" 하는 대목에서) "그렇다면 그런 줄 알아, 왜요는 무슨!"이라는 소리를.

나는 기억한다, 생일 파티들을.

나는 기억한다, 분홍색, 갈색, 흰색으로 층층이 쌓인 아이스크림을.

---

305) fairy. 본디 요정이라는 뜻이지만, 속어로는 남성 동성애자를 가리키는 말이다.

나는 기억한다, 실크로 된 자그마한 미국 국기를. 그리고 대나무와 종이로 만든 조그만 일본식 우산도. 그 우산은 활짝 펼치려 하면 부러져버렸다.

나는 기억한다, 촛불을 불기 전에 소원을 비는 척만 했던 게 적어도 한 번은 있었음을.

나는 기억한다, 「해피 버스데이」를 돌림노래로 부르는 것이 얼마나 어려웠는지를.

나는 기억한다, 당나귀 꼬리 찾아주기 게임[306]을 하는 생일 파티에는 절대로 가지 않았던 것을.

나는 기억한다, 옥수수 크림 죽 통조림을.

나는 기억한다, 크림 오브 휘트[307] 덩어리를.

나는 기억한다, 로스트비프와 당근과 감자와 그레이비소스, 그리

---

306) Pin the Tail on the Donkey. 꼬리가 없는 당나귀 그림을 붙여놓고 아이들이 눈을 가린 채 꼬리를 제자리에 붙이는 게임.
307) Cream of Wheat. 밀가루를 주재료로 죽을 쉽게 만들 수 있도록 해서 파는 인스턴트 식품의 상표명.

고 맨 밑에 깔린, 촉촉해진 하얀 빵조각을. 그게 제일 맛나는 부분이었다.

나는 기억한다, 비트 즙이 매시트포테이토 쪽으로 흘러들었을 때 탄생하는 빨간색 매시트포테이토를!

나는 기억한다, 앞으로 있게 될 어떤 사물이나 사건을 고대하면서 그것이 실제로 발생하는 상황을 눈앞에 그려보려 하지만 '시간'이라는 개념을 전혀 이해하지 못했던 것을. (좌절감.) 때로는 손에 거의 잡힐 듯했기에 더욱 안타까웠다. 그러나 이윽고 그게 너무나 파악하기 힘들며 워낙 복잡하기 짝이 없는 것이라는 사실을 깨달으면서 발 디딜 자리를 잃고 완전히 어둠 속으로 되돌아가는 느낌이었다. (다시 좌절감.) 하지만 올바른 관점으로 매우 정교하게 접근한다면 나름대로의 이해가 어떻게든 가능하지 않겠느냐고 여전히 믿기도 했다.

나는 기억한다, 이따금씩, 너무 갑자기 일어서거나 할 때 (극히 짧은) 한 순간 눈앞에 투명한 반점이 어른거리던 것을.

나는 기억한다, 좁고 아득한 장소에 있는데 그곳이 한층 더 좁아지고 더 아득해져서 벗어날 길이 없어지는, 여러 번에 걸친 폐소 공포의 꿈을.

나는 기억한다, 숨을 쉰다는 것에 대해 생각해보았던 일을. 그러자 숨쉬기라는 노역(勞役)이 머리의 소관이 되고, 하여 그것이 '힘든 일'임을 깨닫게 되면서 왠지 아주 으스스해졌던 것을.

나는 기억한다, 컨버터블을 타고 라디오를 크게 틀어놓은 채 돌아다니던 십대들을.

나는 기억한다, (방과 후에 들르는) 칸막이된 좌석과 주크박스가 있는 소다파운틴 가게[308]를. 영화에서만 본 것이긴 하지만.

나는 기억한다, 선택된 레코드를 뽑아내는 것이 보이던 주크박스를.

나는 기억한다, 빨대를 불던 것을.

나는 기억한다, '카섹스'를.

나는 기억한다, '네킹'[309]을.

---

308) soda fountain shop. 주로 청소년을 상대로 아이스크림이나 청량음료 따위를 파는 가게. '소다파운틴'의 본디 의미는 우리 편의점에도 있는, 청량음료를 내려 받는 기계인데, 그런 가게를 가리키기도 한다.

309) necking. 껴안고 입술과 얼굴, 목 등에 키스를 하는 것. 여기에 보다 진한 애무 행위를 더한 것이 다음 항목의 페팅(petting)이다.

나는 기억한다, '페팅'을.

나는 기억한다, '벗겨진' 자동차[310]들을. (크로뮴을 입힌 부품들이 사라진.)

나는 기억한다, 구멍이 뚫려 있는 뷰익 차들을. (한 쪽에 서너 개씩이었던 것 같다.)

나는 기억한다, 앞쪽에 매달려 있던 커다란 스펀지 주사위를.

나는 기억한다, 소음이 심한 배기관을.

나는 기억한다, 자동차 뒤창에 붙어 있던, 여행한 주의 기념 스티커들을. 어떤 차들은 그런 걸 수두룩이 붙였던 게 기억난다.

나는 기억한다, 가톨릭 신자든 아니든 상관없이 사람들이 목에 걸고 다니던 성 크리스토포로스[311] 메달 목걸이를.

---

310) 'stripped' car. 맥락에 따라 전체가 해체된(껍데기만 남은) 차를 뜻하기도 하고, 여기서처럼 크로뮴 도금 범퍼 따위 특정 부분을 떼어가거나 벗겨낸 차를 뜻하기도 한다.
311) Saint Christopher(?~251경). 로마 시대의 기독교 순교자. 여행자들의 수호성인이어서 여행하는 이들은 흔히 그의 이름과 모습이 새겨진 메달을 목에 걸고 다녔다.

나는 기억한다, 부서지기 쉬운 물건들이 많이 있는, 할머니들이 사는 집을.

나는 기억한다, 푹신하게 속을 넣은 의자들의 등받이와 팔걸이를 덮고 있던 코바늘 뜨개 레이스를.

나는 기억한다, 발등에 보송한 방울이 달려 있는 밤색과 감색의 펠트 실내화를.

나는 기억한다, (따분해…) 밀짚으로 엮은 듯한 짜임새의 플라스틱 식탁용 매트를.

나는 기억한다, 배의 타륜(舵輪) 모양을 한 벽등을.

나는 기억한다, '맨 탠'[312]을, 하얀 셔츠에 묻어나던 주황색 얼룩을.

나는 기억한다, 선탠을 해보려고 뒷마당에 나가서 내 생각엔 한 시간 정도 됐지 싶어 안으로 들어왔는데, 정작 나가 있던 시간은 15분에서 20분밖에 안 되었던 일을.

---

312) Man Tan. 몸에 바르면 햇볕에 그을린 것처럼 만들어주는, 1960년대에 나온 로션. 맥락에 따라서는 남성이 자신은 동성애자이거나 여성적이 아니라는 뜻으로 사용하는 말이기도 하다.

나는 기억한다, 한동안 햇빛 속에 나가 있다가 집안으로 들어왔을 때, 잠시간은 눈앞이 거의 사진의 음화처럼 보이던 것을.

나는 기억한다, 해마다 선탠을 *아주* 진하게 하던 키가 큰 금발의 여자애를. 그 애는 (선탠을 돋보이게 하려고) 흰 옷을 자주 입고 '촉촉한' 연분홍색 립스틱을 발랐다. 걔네 어머니도 키가 아주 컸다. 아버지는 소아마비 때문에 다리를 절었다. 그 집은 돈이 많았다.

나는 기억한다, 손에 바른 저겐스 핸드크림의 냄새를. 그리고 용기에서 흘러나올 때의 그 뽀얀 광택이 흐르는 질감을.

나는 기억한다, 쉽게 두 동강 낼 수 있었던 커다란 아이보리 비누를. (사실, 지금 다시 생각해보니 그렇게 쉽게 부러지지는 않았다.)

나는 기억한다, 얼굴 없는 더치 클렌저 소녀[313]를.

나는 기억한다, 나막신이 편안하고 실용적일까 궁금했던 것을.

나는 기억한다, 언젠가 서류의 빈칸을 메워가다가 '인종' 난에 뭐

313) 가정용 세제인 올드 더치 클렌저(Old Dutch Cleanser)의 상표 그림에 나오는 소녀. 나막신을 신은 네덜란드 소녀가 보닛 스타일의 모자를 쓰고 있는 옆모습이어서 얼굴이 안 보인다.

라고 써야 할지 모르겠던 일을.

나는 기억한다, 아마도 언젠가는 모든 인종이 뒤섞여서 하나의 인종이 되리라고 추측했던 것을.

나는 기억한다, 아마도 언젠가는 과학자들이 피부를 표백시키는 기적의 크림 같은 걸 만들어내서 흑인들도 피부가 하얘질 수 있으리라고 추측했던 것을.

나는 기억한다, (너무 최근 일이지만) 한 편지에 각별히 내 마음에 드는 어떤 표현을 쓰고는 다른 편지에 그걸 다시 '써먹고' 나서 부끄러움을 느꼈던 것을.

나는 기억한다, (더 정확히 말하자면) 부끄러움을 느낀 까닭은 내가 그 일에 대해 부끄러움을 느끼지 않았기 때문이었다는 것을.

나는 기억한다, "무지개 끝자락의 황금 단지"[314]를.

나는 기억한다, 치과 의자에 앉아서는 귀가 가려워도 긁을 도리가

---

314) 가수이자 피아니스트였던 얼 그랜트(Earl Grant, 1931~70)의 대표곡 「디 엔드(The End)」(1958)의 가사에 나오는 말("At the end of the rainbow, you'll find a pot of gold").

없다는 것을.

나는 기억한다, "우울한 여인에게 빨간 장미를"[315]을. (*파란색의 여인이라고?*)

나는 기억한다, 똑바르게 유지하기가 어렵던 넥타이핀을.

나는 기억한다, 편지 말미에 서명을 하면서 "그럼 이(백)만"[316]이라고 썼던 것을.

나는 기억한다, 얼굴을 이용한 농담들을.

나는 기억한다, (손가락을 걸어 입을 아래로 잡아당기며) "아가씨, 우산을 다른 데 걸어놓으시면 안 될까요?"라고 하던 농을.

나는 기억한다, (눈 주위의 피부를 위로 잡아당겨 '동양 사람'처럼 만들며) "엄마, 머리를 너무 당겨서 땋았어요!"라고 하던 농을.

---

315) *Red Roses for a Blue Lady*. 1948년 처음 발표된 뒤 많은 가수가 부른 인기곡. 'blue'가 '우울한' 이외에 '푸른'이라는 뜻도 있기에 언뜻 들었던 생각을 말하는 것. 이는 가사가 의도한 바이기도 하다.

316) 원문은 "Yours till the kitchen sinks"로 'sink'를 이중의 의미(명사와 동사)로 사용한 말장난이다. 비슷한 표현으로는 "Yours till butter flies," "Yours till niagara falls" 등이 있다.

나는 기억한다, (양 손바닥으로 얼굴을 짜부라트리며) "버스 기사 아저씨, 제발 문 좀 열어주실래요?"하던 놈을.

나는 기억한다, 가운데 큰 구멍이 있던 작은 레코드판(45)[317]들을. 그런 판들은 엄지와 다른 손가락 사이에 한꺼번에 끼워서 들고 다닐 수 있었던 것도.

나는 기억한다, 노랑, 빨강, 초록의 어린이용 소형 레코드들을.

나는 기억한다, 토스트 위에 올린 얇게 저민 훈제 쇠고기와 그레이비소스를.

나는 기억한다, 보스턴에서 골동품 상점이 많이 들어서 있는 한 거리가 상대를 물색하기에 좋으리라고 판단했던 것을. 그래서 그 거리를 여러 번 ('윈도쇼핑' 하는 척) 오르락내리락했으나, 누군가를 쳐다본다는 게 겁이 나서 썩 잘해내지는 못했다. (썩 잘해내지 못했다니, 에두르는 말도 정도 문제지.) 그래서 집으로 돌아와 '손으로 해결'을 하곤 했다. 『플레이보이』 잡지 과월호에 실린 남자 옷 광고의 도움을 자주 받아서. 그것도 결코 쉬운 일은 아니었다. 남성용 패션

---

317) 일반 음반에 비해 크기가 작은 지름 18센티미터의 음반으로 보통 '싱글'이라고 했으며, 분당 회전수(rpm)가 45여서 'forty-five'라고도 불렀다.

사진이 얼마나 주도면밀하게 옷 안에 육체가 있다는 낌새를 지우려 드는지 생각해보라. (그중에서도 제일 분통 터지게 만드는 것은 속옷 광고이고.) 하지만 그들도 가끔씩은 실수를 했다. 언젠가 한번은 양면에 걸쳐 아주 섹시한 수영복 사진이 실려 매우 유용했던 기억이 난다. ('쉽지 않은 일' 얘기가 나왔으니 말인데) 약간의 비눗물, 아니면 바셀린 같은 게 도움이 될 수 있겠다는 아이디어가 떠오른 것은 한참 뒤의 일이었다.

나는 기억한다, (뉴욕에 정착한 지 얼마 안 되었을 때) 어떤 남자가 손가락으로 한쪽 콧구멍을 막고 다른 콧구멍으로 길바닥에 코를 푸는 것을 보았던 일을. (충격이었다.)

나는 기억한다, 최근에 한 할머니가 지하철에서 오줌 누는 광경을 본 것을. 미안한 말이나, 전혀 충격을 받지 않았다. 사람은 반응하지 않는 법을 배우게 *마련이다*. 칭찬할 일은 전혀 아니지만.

나는 기억한다, 프랑스식 비키니 수영복을.[318]

---

318) 비키니는 1946년 프랑스의 엔지니어인 루이 레아르가 처음 디자인하고 명명한 것이어서 브레이너드가 자랄 때는 '프랑스식 수영복'이라는 인상이 아직 강했다. 요즘엔 '프렌치 비키니'라는 말은 비키니 라인 근처의 치모 제거(waxing) 스타일 중 하나를 가리킨다.

나는 기억한다, 디디티를.

나는 기억한다, 누군가 바지 지퍼가 열렸다고 일러줄 때 할 말을 잃었던 것을.

나는 기억한다, '근사해' 보이고 싶은 순간 담배를 거꾸로 물고 필터에 불을 붙였던 일을.

나는 기억한다, 파티에서 상대에게 할 수 있는 말들이 바닥난 뒤에도 두 사람이 그냥 마주 서 있곤 하던 것을.

나는 기억한다, 언젠가 코털 하나가 밖으로 삐죽 나와 있는 사람과 대화를 이어가려 노력했던 것을.

나는 기억한다, 교회의 2층 좌석에서 무수히 오가던 낄낄거림과 쪽지들을.

나는 기억한다, 정장용 셔츠의 풀 먹인 깃을.

나는 기억한다, 내 팔이 셔츠 소매보다 항상 너무 길었던 때를. 반대로 팔에 맞추면 목이 너무나 컸고.

나는 기억한다, 찬송가 책의 아주 얇은 책장과 빨간 가장자리를.

나는 기억한다, 다음에 부를 찬송가가 공지되면 일제히 책장을 뒤적이는 소리로 소란스럽던 것을.

나는 기억한다, 기도하는 시간 모두가 머리를 숙였을 때 혼자서 이리저리 두리번거리던 것을.

나는 기억한다, 다 끝난 후 퇴장을 알리던 오르간의 소용돌이치는 듯한 소리를.

나는 기억한다, 그 후 바깥 계단 여기저기 서서 얘기를 나누던 많은 사람들을.

나는 기억한다, 왠지 속이 '텅 빈' 것처럼 느껴지던 텅 빈 일요일 오후를.

나는 기억한다, 푸짐한 일요일 점심과 가벼운 일요일 저녁 식사를. 그리고 다음날 아침, '학교'를.

나는 기억한다, 월요일 아침을. 그리고 금요일 오후를.

나는 기억한다, 토요일을.

나는 기억한다, 동시에 돌아가던 세탁기와 진공청소기를.

나는 기억한다, 둘 중 하나가 먼저 꺼졌을 때 찾아오던 '가짜' 정적의 순간을.

나는 기억한다, 근육을 키우는 것과는 아무 관련이 없었던 '육체미 잡지'들을.

나는 기억한다, 로마식 기둥 모양 소도구들을. 비스듬히 쓴 선원용 모자. 조야한 문신. 멍한 표정. 끈 팬티 음부 가리개가 드리우는 외설적인 그림자. 그리고 크고 편평한 발을.

나는 기억한다(선명한 색상으로), 짙은 분홍빛 피부와 짙은 주황빛 피부를.

나는 기억한다, 혼자 레스토랑에 갔을 때 외로운 사람으로 보이지 않으려고 애쓰던 것을.

나는 기억한다, 레스토랑에서 와인을 주문하려 할 때 내가 '푸이

이-퓌세(Pouilly-Fuissé)'[319]를 발음했던 다소 특이한 몇 가지 방식을.

나는 기억한다, 레스토랑에서 혼자 밥 먹을 때, 둘러보지 않으려고 애쓴다는 인상을 다른 사람들에게 주지 않기 위해서 짐짓 더 많이 둘러보곤 하던 것을.

나는 기억한다, 레스토랑에서 혼자 밥 먹을 때, 머릿속에 생각이 많은 듯이 보이려고 했던 것을. (여기서 핵심은 입과 눈썹을 보일 듯 말 듯 찡그리는 것.)

나는 기억한다, (와인을 너무 많이 마시고) 우아하게 레스토랑을 나서려고 노력했던 것을. 다시 말해서, 가급적 똑바르게 걸음을 이어가려고.

나는 기억한다, 팁을 너무 많이 주던 것을. 지금도 그러곤 한다.

나는 기억한다, 가격표에 신경을 쓰지 않음으로써 판매 직원에게 좋은 인상을 주고 싶어 했던 것을. 지금 역시 그럴 때가 있다.

나는 기억한다, 어떤 남자에게 완전히 빠졌던 일과, 그래서 모든

---

319) 부르고뉴 산의 쓴맛이 나는 백포도주.

걸 버리고 그와 함께 어디론가 (예컨대 햇살 눈부신 캘리포니아로) 떠나서 전혀 새로운 삶을 시작하는 공상을 하던 것을. 다만, 안타깝게도 그는 나에게 빠지지 않았었다.

나는 기억한다, 내가 초특급 정력남이어서 정액을 엄청나게 싸지를 수 있다면 하고 공상하던 일을. 그리고 (이게 믿길까?) (아무렴, 믿어주겠지) 지금도 그럴 때가 있다.

나는 기억한다, 철자를 알기 훨씬 전부터 "c-a-n-d-y"가 무슨 뜻인지 간파했던 것을.[320]

나는 기억한다, "별자리가 뭐야?"
　　　　　"물고기자리."
　　　　　"그럴 줄 알았어!" 하는 대화를.

나는 기억한다, 민들레 꽃잎이 떨어지고 나서 생긴 하얀 솜털을 후 불던 것을.

나는 기억한다, 입 안에 장미 꽃잎을 넣고 괴상한 소리를 냈던 것을. 하지만 그랬다는 것만 알지 그 '방법'은 기억나지 않는다.

---

320) 어른들이 어린아이 앞에서 종종 단어를 철자로 말하던 것을 언급하고 있다.

나는 기억한다, 길 위의 무언가가 그 길을 함께 걷던 두 사람을 갈라놓을 때 하던 "버터 바른 빵"[321]이라는 말을.

나는 기억한다, "안 내면 술래, 가위 바위 보!"[322]를.

나는 기억한다, "감옥행—통과—200달러 포기"[323]를.

나는 기억한다, 조지 워싱턴 카버[324]가 땅콩버터를 발명했다는 사실을.

나는 기억한다, 종이봉투에 바람을 불어 넣어 빵 터트리던 것을.

나는 기억한다, 만화에서 누군가 머리를 꽝 맞았을 때 보이는 별

---

321) "Bread and butter." 함께 길을 가던 커플이나 친구들이 기둥이나 다른 보행자 같은 장애물 때문에 일시적으로 갈라지게 되었을 때, 두 사람 사이가 그런 식으로 멀어지지 않기를 바란다는 의미로 외치는 일종의 주문이다. 버터 바른 빵에서 빵과 버터는 떼려야 뗄 수 없다는 뜻에서 나온 것으로 보인다.

322) 원문의 "Last one to the wall is a rotten egg."도 "안 내면 술래"처럼 어린이들이 놀 때 참여를 독려하는 말이다(안 하면 썩은 달걀, 즉 나쁜 놈이 된다). 'to the wall' 자리에는 상황에 따라 'to the corner, to the car' 등 다른 말이 들어갈 수 있고 그냥 기본적인 'in'을 쓰기도 한다.

323) 보드게임의 하나인 모노폴리에서 카드를 뽑을 때 나오는 지시 사항들.

324) George Washington Carver(1860경~1943). 식물학자이자 발명가. 1941년 『타임』지는 그를 '검은 레오나르도 다빈치'라고 했다.

들을. 그리고 묘안이 떠올랐음을 나타내는 전구를.

나는 기억한다, 공상적인 외국어들을 만들어냈는데 그게 적어도 나에게는 전적으로 그럴듯하게 들렸던 것을.

나는 기억한다, 내가 가본 주들의 목록을 적어놓던 것을.

나는 기억한다, 오트밀과 풀로 입체적인 미국 지도를 만들었던 일을.

나는 기억한다, 칫솔과 현관 망창 조각을 가지고 물감을 흩뿌려서 낙엽의 실루엣을 그렸던 일을.

나는 기억한다, 해외의 가난한 아이들에게 줄 적십자사 상자 하나하나에 칫솔과 수건, 크레용(등등)을 채워 넣었던 것을.

나는 기억한다, 다 쓴 것처럼 보이는 치약 용기에서 얼마나 오랫동안 치약이 나오고 또 나오고 또 나올 수 있는지를.

나는 기억한다, 두 손으로 상대의 팔을 꽉 쥐고 빨래 짜듯 비트는, '인디언 번(burn)'이라는 장난을.

나는 기억한다, 아이스크림을 너무 빨리 먹으면 머리가 갑자기 띵

해지던 것을.

나는 기억한다, (흔히) 두 쪽이 나던 크림시클과 퍼지시클, 팝시클[325)]을.

나는 기억한다, 슈퍼마켓 선반 위 이미 구멍이 나 있던 사탕 봉지에서 몇 개를 훔쳐내던 일을.

나는 기억한다, 누군가 이미 봉지를 뜯어 놓은 거니까 "괜찮다"고 마음속으로 생각했던 것을.

나는 기억한다, 셀로판지에 싸어 있는, 누군가 실제로 그걸 먹으리라고 상상하기 어려운 작은 고깃덩이들을 손가락으로 찔러보던 것을.

나는 기억한다, "다음번엔 안 데리고 올 거야!"라는 말을. 나는 항상 이것저것을 사달라고 하는데 그 이것저것은 늘 너무 비싸거나 몸에 좋지 않거나 뭐 그런 것들이라며.

___

325) Creamsicle, Fudgesicle, Popsicle. 크림시클은 속에 바닐라 아이스크림이 들었고, 퍼지시클은 초콜릿 맛에 아이스크림 같은 질감, 이들의 오리지널인 팝시클은 다양한 과일 맛이다.

나는 기억한다, 밝은 주황색 병에 들어 있던 치즈 스프레드를. 또 작은 깡통에 들어 있던 분홍색 데블드 햄[326]을.

나는 기억한다, 스파게티에 뿌려 먹는 그 '치즈 가루'에서 발 고린 내 같은 수상한 냄새가 났던 것을.

나는 기억한다, (부활절 때) 하얀 달걀에 하얀색 크레용으로 그림을 그린 다음 물감에 담가 색을 입혔던 것을.

나는 기억한다, 그렇게 어렵진 않았던 부활절 달걀 찾기를. 그리고 바로 먹지 않고 남겨둔 달걀들은 속이 온통 회녹색으로 변했던 것을. (똥냄새는 말할 것도 없고.)

나는 기억한다, 부활절 토끼 초콜릿은 어디서부터 먹어야 할지가 문제였던 것을.

나는 기억한다, '그라운드호그 데이'[327]와 '윤년'이 무엇인지에 대해 갖고 있던 상당히 모호한 생각들을. 하기야 지금도 그렇고.

---

326) deviled ham 빵에 발라 먹두록 갈린 형태로 나오는 햄. 본디 상표명이다.
327) Ground Hog Day. 2월 2일. 마멋(그라운드호그)을 가지고 겨울이 얼마나 남았는지를 점치는 날이다. 기독교의 성촉절(Candlemas)도 이날이어서 그라운드호그 데이를 흔히 성촉절로 부른다.

나는 기억한다, 'S.O.S.'가 뭔가 더러운 뜻이리라고 생각했던 것을.

나는 기억한다, 바닷가에 밀려온 오래된 병 속에서 쪽지를 발견하는 공상을 하던 것을.

나는 기억한다, 마법의 양탄자와 거대한 요정 '지니'를. 그리고 나라면 세 가지 소원으로 무얼 빌까 곰곰이 생각해보던 일도.

나는 기억한다, 사정이 정말로 *그렇게까지* 안 좋았다면 왜 신데렐라는 그냥 짐을 싸서 떠나버리지 않았는지 이해할 수 없었던 것을.

나는 기억한다, 언젠가 닫히는 차 문에 손가락을 찧었는데 그 통증이 느껴지기까지 얼마나 오래 걸렸는지를.

나는 기억한다, 염소가 *정말로* 깡통을 먹는지 궁금했던 것을.

나는 기억한다, '호러(horror)'라는 단어를 '호어(whore)'처럼 발음할까 봐 두려워했고,[328] 사실 꽤 자주 그러기도 했던 것을.

---

328) 'horror(공포)'와 'whore(매춘부)'의 발음이 비슷하므로 다른 의미로 오해를 살까 걱정했다는 뜻.

나는 기억한다, 밖에서 주워 들고 집에 와서는 내가 왜 그랬을까 하던 돌멩이들을.

나는 기억한다, 어떤 소년이 자기 코카콜라에서 죽은 파리 한 마리를 발견했는데, 그러자 코카콜라 회사에서 그에게 콜라 한 상자를 공짜로 보내주었다는 얘기를 언젠가 들었던 것을.

나는 기억한다, 콜라에 죽은 파리를 넣기만 하면 쉽게 콜라 한 상자를 공짜로 받을 수 있겠구나 생각했던 것을. 왜 많은 사람들이 그렇게 하지 않는지 궁금했던 것도 기억난다.

나는 기억한다, 허리 아래까지 늘어지도록 머리를 길렀다가 그 무게를 이기지 못해 이마가 자꾸 넓어지는 바람에 결국 머리를 잘라야 했던 어느 여자애를.

나는 기억한다, 자갈 깔린 진입로에서 넘어져 빨갛게 까진 손을.

나는 기억한다, 분명 거기 있으리라 확신하고 뭔가를 찾았는데 결국은 거기 없었던 것을.

나는 기억한다, 종잇장에 손가락을 베였을 때의 그 짜증스러움을.

나는 기억한다, (아이쿠!) 뜨거운 여름날의 보도를 디딘 맨발을.

나는 기억한다, 언젠가 TV 뉴스에서 이 여름이 진짜로 얼마나 뜨거운지를 예증하고자 보여준, 보도 위에 까놓은 달걀이 익는 광경을.

나는 기억한다, 바지를 입어서는 안 되는 여자들에 대해 어머니가 얘기하던 것을.

나는 기억한다, 아주 어릴 적에 동생 짐과 등을 맞대고 목욕하던 것을.

나는 기억한다, 무지 뜨거운 물속으로 매우 서서히 몸을 담그던 것을.

나는 기억한다, 마지막 남은 물이 무지 시끄러운 소리와 함께 배수구로 빨려들면서 일으키는 '소용돌이'를.

나는 기억한다, 욕조에서 전화 통화를 하다가 감전사한 사람들 이야기를.

나는 기억한다, 전화기를 놓을 수 있게 벽 안으로 쏙 들어가 있는 공간을. 그리고 '공동 가입 전화'329)를.

나는 기억한다(최근 일!), 펠라티오를 받으면서 전화 통화를 정상
적으로 하려고 애썼던 일을. 왠지 설명하기는 어려워도 그건 정말이
지 무척 흥분되는 일이었다.

나는 기억한다, 깜깜한 밤에 듣는다는 점 말고는 무서울 게 별로
없었던 유령 이야기들을.

나는 기억한다, 친구를 집에 불러 밤을 보내면서, 불을 끄고 난 뒤
에도 한참을 키득거리며 놀았던 것을. 그러다 침묵이 꽤 흐른 것처
럼 느껴진 후의 "자니?" 소리와, 때때로 펼쳐지던 신과 인생에 대한
상당히 진지한 토론들을.

나는 기억한다, 손으로 그린 브리지 득점표를 판다거나, 우산 겸
용 모자를 발명한다거나, 아니면 시급제 화가로 나 자신을 빌려준다
거나 하는 식으로 세워본, 빨리 돈을 버는 계획들을.

나는 기억한다, 그림이 쓸 만한 건지 아닌지는 그걸 거꾸로 놓아

---

329) party line. 서로 가까운 거리에 있는 전화 가입자들이 여러 대의 전화기를 한 개
의 회선으로 함께 사용하는 것. '공동선(線)'이라고도 한다.

보면 알 수 있다는, 고등학교 시절 미술 선생의 미심쩍은 이론을.

나는 기억한다, 손으로 깎은 액자에 들어 있던 진짜 깃털로 만든 멕시코산의 새 그림을.

나는 기억한다, 다른 집들의 전망창 말고는 전망이랄 게 별로 없던 거실 전망창들을.

나는 기억한다, 경사각이 꽤 가파르던 '동양풍'의 등잔 갓을.

나는 기억한다, 벽 윗부분을 따라 두르는 띠벽지를.

나는 기억한다, 친척들이 찾아왔을 때 내가 쓰던 간이침대를.

나는 기억한다, (친척들이 찾아왔을 때는) '무슨 짓을 해도 대충 넘어가던' 것을.

나는 기억한다, '근사한 요리'와 '보통 때 요리'의 차이를.

나는 기억한다, 손님이 와 있을 때 그 앞에서 갖고 싶은 걸 청하는 게 "안 돼" 대신 "글쎄"라는 대답을 얻어내는 좋은 방법이라는 것을.

나는 기억한다, 양말이 달린 잠옷을 입고, 잠자리에 드는 시간을 가능하면 늦추려는 속셈으로 어른들의 품에서 갖은 방식으로 이리 저리 뽀뽀해대던 것을.

나는 기억한다, 마치 그 자리에 내가 없는 양 내 얘기가 오가던 것을.

나는 기억한다, 언젠가 (마술 묘기로) 자기 엄지손가락을 뽑는 척 했던 어떤 아주머니를. 그 다음의 기억은 남의 집 바닥에 온통 내 우유를 엎질렀다는 것이다.

나는 기억한다, 한 번은 교회 저녁 모임에서 성대 없는 여자 바로 앞에 앉았는데, 그녀는 자꾸 이상한 소리만 내었고 나는 한 숟갈도 뭘 먹을 수가 없었던 것을.

나는 기억한다, 차고에 있던, 온갖 잡동사니가 가득한 시가 상자를. 지금은 그중에서도 "무지갯빛 광택"이 흐르는 부서진 녹색 만년필 이 가장 선명하게 떠오른다.

나는 기억한다, 언젠가 뒷마당에 남몰래 수박씨를 심었지만 아무 런 일도 일어나지 않았던 것을.

나는 기억한다, 사람들이 좋아하지는 않았지만 동네를 마음대로 돌아다니게 놔뒀던 개들을. 그리고 "들어올 때 대문 꼭 닫아라!" 하는 소리를.

나는 기억한다, 거북이들은 어떻게 "그 짓을 하는지" 궁금했던 것을.

나는 기억한다, 줄 서서 다른 교실로 갈 때 줄에서 벗어나는 것이 꽤 심각한 일이던 때를.

나는 기억한다, 작은 서랍이 달려서 그 안에 작은 자와 작은 컴퍼스가 들어 있던 필통들을.

나는 기억한다, 문장 구조를 도식으로 그리던 것을. 그리고 산수 공부 카드들을. 산수 자체보다는 그 카드가 더 기억난다.

나는 기억한다, 어둠 속 침대에 누워 밤사이에 우리 집에 불이 나는 걸 상상하던 일을.

나는 기억한다, 아침이면 내 속눈썹이 '잠'이라는 풀로 붙어 있던 것을.

나는 기억한다, 개구리를 만지면 사마귀가 난다고 믿었던 것을. 그래서 나는… 음, 사실 나는 아주 계집애 같아서 어차피 개구리를 만질 일은 없었을 것이다.

나는 기억한다, 내 머릿속에서 육체를 갖춘 신의 모습을 상상해 보려 했지만 '아주 늙고, 아주 하얗다는' 것만 떠올렸을 뿐 별로 운이 따라주지 않았음을.

나는 기억한다, 특정한 우편물이 도착하기를 기다리면서 내가 정말로 마음을 다해 소망한다면 그게 그날 올 거라고 굳세게 믿었던 것을.

나는 기억한다, 게이 포르노 소설에서 어떤 남자애가 뒤로 그 짓을 할 때의 쾌감을 익히기 위해 오이를 가지고 '연습'을 했다는 얘기를 읽은 후, 드러그스토어에서 바이브레이터를 별것 아니라는 듯 사려 했던 일을. "태리튼 두 갑 주시고요, 그리고 저것도 하나 주세요." 그리고 나서 거기에 쓸 배터리를 사는 데 또 한참 걸렸던 기억이 난다. 그다음에 몇 번 사용해보니 그 모든 게 섹시하다기보다는 우스꽝스럽다고 느꼈던 것이 기억난다. 뭐 그냥 그러고 말았다. (그렇게 끝날 뻔 했는데) 그 후 어느 날 밤 (나로서는) '과감한' 것을 해보겠다는 기분으로 친구에게 그것을 사용하면서 타인에 대한 힘 같은 걸 느끼며 좀 뿌듯해진 적이 있다.

나는 기억한다, 금발의 젊은 '히피' 사내애와 미친 듯이 사랑에 빠

238

지는 아주 근사한 공상을 하던 것을. 그 공상 속에서 우리는 시골에 내려가 살면서, 알몸으로 말을 타고 신나게 돌아다니다 이따금씩 멈추고는 햇빛 쏟아지는 아름답고 너른 벌판에서 사랑을 나누곤 했다.

나는 기억한다, '시즌이 끝난 스키장의 오두막에서 J. J.미첼과 둘만의 시간을 보내는' 공상을 해보던 것을. 꽤 잘 풀려나간 공상이었다.

나는 기억한다, 절정의 순간이 오기 직전 상상 속에서 클로즈업하여 떠올리곤 하던 것으로, 달래 달라고 안달하는 커다란 분홍빛 성기가 불룩한 팬티 밖으로 잡아 빼어져 내 입 안으로 뜨거운 하얀 정액을 그득 쏟아 붓던 모습을. 내 코는 축축한 음모의 무성한 숲에 깊이 파묻혀 있었고.

나는 기억한다, 아침에 일어나 발견한 (실제의) '키스마크'를.

나는 기억한다, 만약 자살을 해야 할 상황이 닥친다면 어떻게 하는 것이 가장 실용적이고 신중한 방법일지 곰곰이 생각해봤던 것을. 결론은 대개 바다에 뛰어들어 그냥 '사라지는' 게 아마도 최선이리라는 것이었다. 하지만 시신이 해변으로 떠밀려 와 양동이를 들고 놀러 나온 아이들을 까무러치게 할 수도 있다는 데 생각이 미치면 이 계획을 접어야 하나 싶기도 했다.

나는 기억한다, (오클라호마에서) 해마다 열리던 지루한 인디언 축제 행렬을. 깃털을 잔뜩 붙이고 엄청 발을 구르던.

나는 기억한다, 아직도 내게는 수수께끼인데, 웨스턴 음악을 일요일 아침 간이식당의 기름진 달걀 요리와 결부시키는 연상 작용을.

나는 기억한다, '더블데이트'와 '더치페이', 그리고 부러진 다리에 한 깁스에 사인을 하던 것을.

나는 기억한다, 팔을 똑바로 늘어뜨린 채 추던 '클로즈 댄싱'을.

나는 기억한다, 꾹 누르면 마치 입술처럼 벌어지던 고무로 만든 빨간색 동전 지갑을.

나는 기억한다, 콜라 한 병을 단숨에 들이켜고는 길고 요란하게 트림을 하던 소년을.

나는 기억한다, 시 경계선 바로 너머 폭죽을 팔던 가설 매점을.

나는 기억한다, (농구를 할 때) '드리블'을 할 줄 몰라 크게 좌절했던 것을.

나는 기억한다, 발레를 하는 사람들은 춤을 그런 식으로 추는데도 발가락이 남아난다는 게 정말 불가사의였음을.

나는 기억한다, 레코드를 살지 말지 정하기 전에 그것을 틀어볼 수 있는 유리 칸막이 부스가 있던 음반 가게를.

나는 기억한다, 싸구려 잡화점에 있던, 작은 것부터 꽤 큰 것까지 크기가 다양하고 열쇠고리 모양의 고삐가 달린 '청동' 말들을.

나는 기억한다, 서커스에서 팔던, 깃털에 폭 파묻혀 막대기 위에 꽂혀 있던 큐피[330] 인형을. 그 얼굴이 얼마나 빨리 곰보 자국으로 가득해졌는지도.

나는 기억한다, '막대기 빼기'와 '티들리윙크스', '카드 줍기', 그리고 '카드 따먹기' 놀이를.[331]

나는 기억한다, 아이들이 눈알을 잃었다는 위험한 BB탄 총에 관

330) kewpie. 원래는 만화 캐릭터였던 아기 큐피드 모양의 인형. 20세기 초에 나왔다.
331) 아이들 놀이 종류로, 더미가 무너지지 않게 막대기 빼기(pick-up sticks), 작은 원반을 튕겨 컵 속에 넣기(tiddly-winks), 던져진 트럼프 카드 줍기(52 pick-up), 카드 따먹기(war) 등이다.

한 이야기들을.

나는 기억한다, 언젠가 오래된 테디베어의 뱃속을 들여다보니 작고 붉은 반점이 섞인 푹신한 회색의 속 재료만 가득해서 적잖이 실망했음을.

나는 기억한다, 똑바로 서 있을 수 없을 때까지 아주 빠른 속도로 뱅글뱅글 돌던 장난을.

나는 기억한다, 파리채를 신나게 휘두르며 파리를 몇 마리나 죽였는지 아주 정확히 세어나갔던 것을.

나는 기억한다, 손가락의 중간까지만 내려오는 레이스 뜨개 정장용 장갑을.

나는 기억한다, '터퍼웨어 파티'[332]들을.

나는 기억한다, 순회 판매원[333]에 대한 농담들을 전혀 이해하지 못

---

332) Tupperware party, 터퍼웨어는 1940년대부터 생산된 주방용품 상표인데, 가정집에서 주부들을 모아 가벼운 대접을 하면서 제품을 홍보하는 모임을 이렇게 불렀다.
333) traveling salesman. 여러 도시와 마을을 돌아다니며 물건을 파는 사람으로, 이야기나 농담 등에 '경계해야 할 엉큼하고 위험한 외간 남자'의 이미지로 흔히 등

했지만, 그와 무관하게 순회 판매원들이 웃긴다고 여겼던 것을.

나는 기억한다, '똑똑' 농담[334]들을. 또 폴란드 사람들에 대한 농담[335]을. 그리고 "저녁이 뭐예요?"하면 "가톨릭 수프야!"하는 식의 식인종 농담도.

나는 기억한다, '병 돌리기' 게임과 '우체국' 게임[336]을.

나는 기억한다, 성인 소설에서 외설적인 단어가 들어갈 자리에 대시들을 넣던 것을.

나는 기억한다, 방귀 냄새가 방 안에 퍼질 때 내가 뀌지 않은 것처럼 보이려고 노력했던 것을. 정말로 내가 뀌지 않았는데도 말이다.

나는 기억한다, 아기가 손으로 다른 사람의 손가락을 꼭 감싸 쥐는 방식을. 마치 영원히 놓아주지 않을 듯이.

장한다.

334) "Knock, knock." "Who's there?" "Double." "Double who?" "Double-U[you]." 식의 말장난 농담 시리즈.

335) Polish jokes. 폴란드인이 무식한 시골뜨기 등 우스꽝스러운 이미지로 등장하는 농담들.

336) 'spin the bottle', 'post office'. 둘 다 십대 청소년들이 많이 하는 키스 게임이다.

나는 기억한다, 사람들이 토스트의 가장자리를 먹지 않고 남기는 다양한 방식을.

나는 기억한다, 밝은 조명과 은색 도구들이 등장하고 임상적 '촉진(觸診)'이 검진 테이블 위의 온갖 난잡한 짓으로 발전하는, 닥터 브라운류의 공상을.

나는 기억한다, 크리스틴 킬러와 '프러퓨모 사건'[337]을.

나는 기억한다, L. B. J.[338]가 화장실에 앉아 똥을 누면서 사적 면담을 갖는 것에서 성적 흥분을 느꼈다는 이야기들을.

나는 기억한다, 제임스 딘이 몸을 담뱃불로 지지는 것에서 흥분을 느낀다는 소문을.

나는 기억한다, 언젠가 나에 대해 (멍청한 것은 물론이고) 정말로 *악의적인* 평론을 썼던 아무개 비평가를 파티 같은 데서 우연히 만난다면 그에게 무슨 말을 해줄지 공상해보던 일을.

---

337) 1963년 영국의 국방장관 존 프러퓨모(John Profumo)가 클럽의 쇼걸이며 소련 외교관과도 관계가 있던 크리스틴 킬러(Christine Keeler)와의 불륜 관계로 사임한 사건.
338) Lyndon B. Johnson. 36대 미국 대통령(재임 1963~69). 흔히 이 약칭으로 불렸다.

나는 기억한다, 엘리베이터 안에서의 '거북한 순간들'을.

나는 기억한다, 극장 좌석의 양쪽 팔걸이가 모두 접히던 때를.

나는 기억한다, 어둠 속에서 담뱃불을 빠르게 움직여 이런저런 모양을 그리던 것을.

나는 기억한다, 내가 잘 알고 있는 누군가가 갑자기 잠깐 동안 *완전히 낯선 사람이* 될 때를. (섬뜩한 순간.)

나는 기억한다, (마리화나에 취해서) 아직 내게 건네지는 게 아닌 마리화나에 손을 내밀어 잡으려 했던 것을.

나는 기억한다, (마리화나에 취해서) 세상에서 제일 심오한 생각이 떠올랐다가 연필을 찾기도 전에 허공으로 날아가 버리던 것을.

나는 기억한다, (야밤에) 필사적으로 (별 소득도 없이) 주소록을 뒤적거리던 것을.

나는 기억한다, 아침이 오면 (언제나처럼) 그 모든 것이 얼마나 멍청해 보이는지를.

나는 기억한다, 출근하는 어떤 청년과 마주칠 수 있도록 매일 아침 일정한 시간에 일어나 길을 따라 걸었던 것을. 어느 날 아침 마침내 그에게 인사를 건넸고, 그 뒤로 우리는 항상 인사를 나눴다. 하지만 거기까지가 다였다.

나는 기억한다, 영성체를 할 때 웃지 않기가 얼마나 어려웠는지를.

나는 기억한다, 나쁜 소식에 웃음을 짓던 것을. (지금도 가끔씩 그런다.) 나도 어쩔 수가 없다. 저절로 그렇게 되니.

나는 기억한다, 우리 교회에서는 성경에서 포도주라고 하는 것이 사실은 포도 주스를 뜻한다고 믿었던 것을. 그래서 영성체를 할 때 우리는 포도 주스를 마셨다. 그리고 아주 맛이 좋았던, 종이처럼 얇은 동그랗고 하얀 면병(麵餠)도. 종이 느낌의 맛이었다. 언젠가 성가대 연습실 캐비닛 안에서 면병이 가득 든 단지를 발견하고는 여러 개를 꺼내 먹은 적이 있었다. 많이 먹으니 하나만 먹을 때만큼은 맛이 좋지 않았다.

나는 기억한다, 영성체 중에 웃음 참기가 가장 어려웠던 순간을 정확하게. 혀를 내밀면 사제가 그 위에 하얀 면병을 놓아줄 때였다.

나는 기억한다, 영성체 중 웃음을 참는 한 가지 방법으로 아주 지루한 무언가를 정말 열심히 생각했던 것을. 이를테면 비행기 엔진이 작동하는 방식이라든지, 나무 둥치라든지.

나는 기억한다, 학교에서 본 영화 중, 술을 마시고 마약을 하던 애들이 차 사고를 내고 여자애 하나가 죽는다는 식의 내용이었던 것들을.

나는 기억한다, 어느 날 심리학 수업 시간에 선생님이 배변 활동이 원활한 사람은 모두 손을 들라고 했던 것을. 나의 배변이 당시 원활했는지 아닌지는 기억이 나지 않지만, 손을 들었던 것은 확실하게 기억난다.

나는 기억한다, 일주일 정도 내 이름을 보 제이너드(Bo Jainard)[339]라고 바꾸었던 일을.

나는 기억한다, '미러(mirror)'를 제대로 발음할 수 없었던 것을.

나는 기억한다, 내 이름을 자크 버나드(Jacques Bernard)로 바꾸고 싶어 했던 것을.

---

339) 'Joe Brainard'의 J와 B를 교환하고 e와 r을 뺀 것이다.

나는 기억한다, 내 그림에 '조가 그림(By Joe)'이라고 서명했던 시절을.

나는 기억한다, 아주 부드러운 노란 치즈로 만들어진 남자를 만나서 악수를 하려다가 그만 그의 팔을 통째로 뽑아버리고 마는 꿈을.

『나는 기억한다』를 기억한다

론 패짓 *

『나는 기억한다』의 집필이 당초 어떻게 시작되었는지는 기억이 나지 않는다. 그러나 조 브레이너드가 친구들에게 초고를 보여주고 사람들 앞에서 그것을 낭독하는 순간, 그 자리에 있던 모두는 그가 놀라운 발견을 했다는 것을 알게 되었고, 우리들 중 여럿은 이처럼 뻔해 보이는 발상을 스스로는 왜 못 했을까 의아해했다.

이때의 '우리' 가운데는 에인절헤어(Angel Hair)라는 작은 출판사의 편집 책임자인 시인 앤 월드먼(Anne Waldman)도 있었다. 1970년 에인절헤어에서는 『나는 기억한다』의 초판본 700부를 펴냈고, 이는

---

* Ron Padgett(1942~). 시인·수필가·번역가. 브레이너드와는 초등학교 때부터 친구였으며, 뉴욕 스쿨의 일원이기도 하다. 그에 대해 브레이너드는 이렇게 썼다. "론 패짓은 시인이다. 그는 언제나 시인이었고, 언제까지나 시인일 것이다. 시인은 어떻게 시인이 되는 건지 나는 알지 못한다. 다른 누구도 알지 못하리라고 생각한다." 저서로『완벽해지는 방법(How to Be Perfect)』,『거대한 무엇(The Big Something)』을 비롯한 많은 시집과『조: 브레이너드에 대한 회고(Joe: A Memoir of Joe Brainard)』가 있다.

곧 매진되었다. 뒤이어 조는 에인절헤어에서 『나는 기억한다, 더 많은 것을(*More I Remember*)』(1972)과 『나는 기억한다, 더욱더 많은 것을(*More I Remember More*)』(1973)을 냈으며, 이 두 권 역시 처음 것 못지않게 인기 있었다. 1973년에는 뉴욕 현대미술관(MoMA)에서 새 텍스트 『나는 기억한다, 크리스마스를(*I Remember Christmas*)』을 펴냈는데, 여기엔 조가 표지 디자인과 네 점의 소묘까지 제공했다. 에인절헤어 판에서 발췌한 구절들이 『인터뷰』와 『게이 선샤인』, 『더 월드』, 『뉴욕 헤럴드』 같은 신문·잡지에 게재되기도 했다.

1975년, 에인절헤어에서 출판한 세 권 모두와 현대미술관 판 소책자를 한데 묶고 새로운 항목들을 추가하여 개정판을 발행할 기회가 생겼을 때, 월드먼, 존 사이먼(Joan Simon)과 내가 함께 이끌던 새 출판사 풀코트 프레스(Full Court Press)에서는 두 번 생각할 것도 없이 달려들었다. 제목은 원래대로 『나는 기억한다』였다. 나는 직업적으로뿐 아니라 개인적으로도 이 일에 관심이 컸다. 조와 나는 초등학교 1학년 때 같은 반이었고, 고등학교 때 다시 만나 친구가 되었으며, 그 시절 미술과 문학에 관한 작은 잡지를 함께 펴냈었다. 고등학교를 졸업한 후 우리는 함께 털사를 떠나 동부로 왔다. 『나는 기억한다』에 등장하는 기억들의 일부는 나 자신의 기억과도 겹쳤다. 하지만 그런 사정들을 다 넘어서, 작품 자체가 탁월하다는 게 나의 생각이었다.

풀코트 판본은 하드커버로 한 차례, 페이퍼백으로 두 차례를 찍어내며 독자층을 상당히 넓혔다. 이달의 책 클럽(The Book of the Month

Club)의 좋은 글 선집과 글쓰기 교과서에 발췌문이 실렸고, 『워싱턴 포스트』의 한 서평에서는 다음과 같이 말했다. "브레이너드는 가장 오래되고 가장 친숙한 시적 장치의 하나인 나열하기(성서에서도 휘트먼의 시에서도 즐겨 썼고, 초현실주의자들 역시 새롭게 활용하고자 시도했던 것)에다가 소소한 것들에 대한, 다른 어떤 유의 집착보다도 개인적인 천착을 결합시켰고, 그 방법은 성공했다." 또 『빌리지 보이스 문예 특집판(The Voice Literary Supplement)』에서 마이클 랠리(Michael Lally)는 이렇게 썼다. "1940년대와 50년대의 성장기에 대한 [브레이너드의] 회상은 보편적인 호소력을 지닌다. 그는 자신의 지난날을 유행과 열풍, 공적인 사건과 사적인 공상 들을 매개로 하여 지극히 솔직하고 정확하게, 그리고 더없이 풍부하게 조목조목 열거하고 있어서, 부지불식간에 그의 삶의 이야기는 우리의 이야기와 하나가 되고, 우리는 거기에 빨려든다."

조의 독창성은 사물을 바라보는 그의 신선한 시각에서 비롯되었다. 그는 복잡성과 선입견을 곧장 꿰뚫어 선명하고 명백한 것으로 다가갔다. 애초에 쓰려는 마음조차 없었던 자서전이나 회고록 대신에, 그는 "나는 기억한다"로 시작하는 1,000개가 넘는 짤막한 항목들을 그냥 적어 내려갔다. 그의 방법에는 무언가 아이 같은 데가 있었는데, 사실 조는 만사를 너무 복잡하게 만드는 어른들의 방식에서 벗어난 것들을 좋아했다. 특히 '낸시'를 창조한 만화가 어니 부시밀러(Ernie Bushmiller)의 깔끔한 스케치 솜씨에 그는 찬탄했다. 조가 살던 아파트나 로프트는 낸시와 프리치 고모의 집이 그렇듯 최소한의 가구만 있을 뿐 일체 군더더기가 없었다. 여행할 때도 짐을 최소한으로 꾸리곤 해서, 짧은 여행일 경우에는 아주 작은 가방 하나에 옷가지와 자신이 즐겨 사들이던 샘플 크기의 세면도구들을 차곡차곡 챙겨 넣어 들고 갔다. 그의 글씨체, 깔끔한 볼드체의 대문자로 쓰는 글씨까지도 그의 문체를 반영하는 것이었다.

조가 나이브했다는 얘기가 아니다. 『나는 기억한다』의 글쓰기는 ―이것 외에도 그는 개인적인 일기를 비롯하여 꽤 많은 글들을 발표했지만― 거트루드 스타인(Gertrude Stein)의 저작에서 일부 영향을 받았다. 1969년 늦여름 최초의 『나는 기억한다』의 초고를 쓰는 동안 조는 스타인을 읽고 있었다. 당시 월드먼에게 보낸 편지에서 그는 이렇게 말했다. "아직도 화장실에서 [스타인을] 읽는데 여전히 그녀의 글은 아주 어려워요. 거트루드 스타인이 말하는 것을 직접 들을 수 있다면 얼마나 좋을까 하는 생각도 했지요. … 『나는 기억한다』라는 제목의 글을 계속 쓰는 중이고, 그로 인해 한껏 들떠 있어요. 꼭 성경을 쓰고 있는 신 같은 느낌이랄까. 내 말은, 내가 글을 쓰고 있는 게 아니라 마치 나로 인해 글이 써지고 있는 듯한 느낌이라는 겁니다. 또한 이게 나에 관한 얘기일 뿐 아니라 나 이외의 모든 이들에 관한 얘기라는 느낌도 드는군요. 그래서 기분이 좋아요. 내 말은, 내가 모든 사람이 된 것 같은 느낌이라는 겁니다. 퍽 괜찮은 느낌이에요. 이게 오래가지야 않겠지요. 하지만 할 수 있는 한 그걸 즐기려고요."

조의 글은 그가 1960년대 초에 처음 접한 앤디 워홀의 이미지 반복 회화의 영향을 받기도 했다. 사실 조는 1964년 워홀에 대한 비평을 쓴 적이 있는데, 거기서도 반복으로 가득한 문체를 구사했다. 그러나 스타인의 작품에서 구사되는 반복이 주로 언어 그 자체의 반복이었고 워홀의 그림에 나타나는 반복은 화가가 감정을 드러내지 않고 작품 뒤에 불가해한 존재로 숨게 해주는 방편이었던 데 비해,『나는 기억한다』의 반복은 조가 시간을 앞뒤로 타고 넘으며 한 가지 연상의 흐름을 따라가다가 다른 흐름으로 갈아탈 수 있는 디딤판의 역할을 해주었다. 사람의 기억이 움직이는 방식 그대로 말이다.『나는 기억한다』의 이런 형식은 모든 것을 열어놓으려는 조의 욕구와 맞물려, 그가 고백을 통해 자신의 내면을 그대로 드러낼 수 있는 길을 제공했다. 그 고백은 매력적이고 감동적이며 명민한 동시에 자주 웃기기도 한다.

보다 미묘한 방식으로『나는 기억한다』에 영향을 끼친 것들 중 하나는 조 자신의 미술 작업이다. 그는 번잡한 뉴욕 시의 거리를 걷다가도 작은 종잇조각이나 다른 버려진 물건들을 놓치지 않고 포착하여 집으로 가져와서는 콜라주에 사용해서 그것들이 빛을 발하게 만들곤 했다. 그의 전시회 중 풀코트 판『나는 기억한다』가 출간된 해인 1975년 뉴욕의 피시바크 화랑에서 열린 것은 1,500점의 작은 콜라주들로 구성되었는데, 각각의 콜라주는 그 자체로서 하나의 작은 세계를 이루는 동시에 함께 출품된 다른 작품들과 연계되어 있었고, 이는『나는 기억한다』에 실린 항목들 간의 관계와 아주 흡사했다. 그가 뉴욕 스쿨에 속한 많은 시인, 화가들과 나눈 우정 또한 이처럼 과감한 작품을 쓰는 데 힘이 되었을 터이다.

이런 점들만 봐도 조가 그저 나이브한 사람이 아니었음이 분명해진다. 그는 내가 아는 이들 중 가장 지적으로 세련된 사람의 하나였다.

그는 또한 열심히 노력하는 사람이었다. 캘리포니아 대학교 샌디에이고 캠퍼스에 있는 조 브레이너드 자료실에만도 그가 에인절헤어 판의 얇은 책 세 권을 위해 쓴 600쪽이 넘는 초고가 소장되어 있다. 조는 타이프 치는 법을 끝내 익히지 못했기 때문에 모든 원고를 손으로, 특유의 인쇄체 글씨로 썼다. (필기체로 쓰는 경우는 수표나 계약서에 서명할 때뿐이었다.) 원고가 출판사에 보낼 만하다 싶어질 때까지 퇴고를 하면서 그는 모든 것을 거듭거듭 손으로 베껴야 했다. 그러는 사이 절친한 벗이자 동반자인 켄워드 엘름슬리가 소리 나는 대로 적은 그의 철자들을 교정해주었다. 자신의 원고가 타자기로 정서된 후에도 그는 식자 조판 과정이 끝날 때까지 언제든 추가 수정을 하곤 했다.

일이 아무리 고돼도 그는 의욕을 잃는 적이 없어 보였다. 『나는 기억한다, 더 많은 것을』이 인쇄에 들어가 있던 1971년 8월 시인 루이스 워시(Lewis Warsh)에게 보낸 편지에서 그는 "스스로도 적이 놀란 일이지만,『나는 기억한다』를 또 쓰고 있는 중이네. 2권을 쓰고 나서 이젠 그만이라고 생각했거든. 한데 29년이란 긴 세월이니까. (쓸 '거리'들이 자꾸 솟아나네.)"라고 했다. 그리고 시인 톰 클라크(Tom Clark)에게 보낸 편지에서는 『나는 기억한다』가 "매우 솔직하고 정확하다"고 했다. "정직함이란 (내게) 아주 어려운 일이지요. 아마 세상에 그런 것은 없다고 믿기 때문일 겁니다. 하지만 왠지 이번엔 그 걸 해낸 것 같다는 생각이 듭니다. 그래서 기분이 좋습니다." 그러면 서 이렇게 주장하기도 했다. "[나는] 사실 기억하는 게 거의 없어서 기억을 끌어내는 일은 마치 생니를 뽑는 것 같아요. 하지만 이따금 씩 그 일에 정말로 집중을 하면 기억의 단편들이 그냥 막 쏟아져 나 오는 바람에 내가 뭐 빠지게 놀라곤 하지요. 하지만 그리 쏟아져 나 오면서도 기억들은 아주 명징하며 질서 정연합니다." 『나는 기억한 다, 더욱더 많은 것을』이 인쇄 중이던 1973년 여름에 조는 월드먼에 게 쓴 편지에서 『나는 기억한다, 마지막으로(The Last I Remember)』라 고 이름 붙인 것을 준비 중이라고 밝혔다. "하지만 이번에는 서두르 지 않습니다. 제 느낌에 이번 것은 최고가 되든지, 아니면 아예 나오 지 않든지 할 것 같아요. 그리고 지금의 내 머릿속에서 '최고의 것들' 을 캐내는 일은 상당한 수고를 동반해야겠지요." 앞서 낸 책들을 풀 코트 프레스 판으로 묶을 때에도 조는 모든 내용을 되짚으며 구절구 절을 재배열하고, 잘라내고, 가다듬었다. 그는 자신의 작품을 워낙 가혹하게 평가했기 때문에, 아무런 문제가 없는데도 삭제해버린 대 목들을 다시 살려내도록 내가 나서서 설득해야만 했다.

무엇보다도 멋진 것은 조가 이 모든 걸 아주 쉽게 보이도록 만들 었다는 점이다. 그리고 어떤 면에선 실제로 쉽기도 하다. 이 책을 읽 고 난 뒤 연필을 집어 들고 자신만의 "나는 기억한다"를 쓰기 시작할 마음이 들지 않는 사람은 거의 없을 터이다. 『나는 기억한다』가 맨 처음 출간됐을 때, 시인 케네스 코크(Kenneth Koch)는 아이들에게 시

쓰기를 가르치는 선구적인 작업을 하고 있었다. 코크는 『나는 기억한다』의 형식이 아이들에게는 지극히 자연스러운 것이라는 사실을 발견했다. 그 이후로 전국의 수많은 교실에서 수천의 시인과 교사들이, 대상에 따라 성적인 내용은 피해가면서 이 형식을 이용해왔다. "나는 기억한다"라는 장치는 글쓰기에 관한 수많은 책들을 통해 널리 퍼져나갔지만, 대부분의 사람들은 그게 어디서 비롯되었는지를 알지 못한다. 두말할 필요 없이 아이들은 어른에 비해 기억해낼 게 훨씬 적고, 그들 작품의 내용이나 분위기도 대개 어른들 것과는 다르지만, 가장 성공적으로 쓰인 "나는 기억한다"들은, 아이가 쓴 것이든 어른이 쓴 것이든 상관없이, 조의 원본이 지닌 것과 같은 특성들을 드러낸다. 명료함과 구체성, 관대함과 솔직함, 유머, 다양성, 한 항목에서 다음 항목으로 넘어갈 때의 들고 나는 리듬감, 그리고 기억에는 하찮은 게 없다는 데 대한 이해 등이 그것이다. 가장 사소한 기억조차도 신비한 견인력을 발휘할 수 있어서, 기억을 또렷이 떠올리기만 한다면 마치 프루스트의 마들렌이 그러했듯 다른 기억들의 봇물을 터뜨릴 수도 있다. 어쨌든 『나는 기억한다』의 형식은 보편적인 호소력을 지니고 있음을 스스로 입증했다. 그것은 문학계 밖의 사람들도 활용할 수 있는 몇 안 되는 문학 형식 중 하나다. 1970년대 초 이후 많은 작가와 예술가가 브레이너드의 작품에 자극받아 그들 나름대로 『나는 기억한다』의 변주를 만들어왔다. 그런 이들 중엔 테드 베리건, 켄워드 엘름슬리, 해리 매슈스(Harry Mathews)도 포함된다. 무용가인 후안 안토니오(Juan Antonio)는 무용수들이 춤을 추면서 조의 책에 나오는 구절들을 각자의 기억과 뒤섞어 낭송하는 작품을 안무했다. 프랑스 작가 조르주 페렉(Georges Perec)은 자신의 『나는 기억한다(Je me souviens)』를 조에게 헌정했고, 그 뒤 마리 세(Marie Chaix)가 브레이너드의 『나는 기억한다』를 프랑스어로 번역했다.

1995년에는 폴 오스터가 나서준 덕에 펭귄 출판사가 풀코트 프레스 판의 재발행을 결정했다. 오스터는 이렇게 썼다. "『나는 기억한다』는 걸작이다. 이 시대의 이른바 중요한 책들은 하나하나 잊혀가겠지만, 조 브레이너드의 이 작고 소박한 보석은 우리 곁에 남아 있을 것이다. 솔직 담백하게 사실을 진술하는 단순한 문장들을 통하여 그는 인간 영혼의 지도를 그려내고 우리가 세상을 바라보는 방식을 돌이킬 수 없게 바꿔놓는다. 『나는 기억한다』는 배꼽을 잡게 웃기는 동시에 마음속 깊은 곳을 휘젓는다. 이 책은 또한 내가 지금껏 읽은 몇 권 안 되는 완전히 독창적인 책 중의 하나다."

그래너리 북스에서 (내가 문장부호들을 손보아서) 내는 이번 판은 이 책의 생명력이 오래갈 것이라고 한 오스터의 예언이 틀리지 않았음을 시사한다. 어떻든 간에 이번 판본은 새로운 독자들에게 조 브레이너드의 매력적이고 비범한 작품을 발견할 기회를 선사할 것이다.

마법의 주문과 소진되지 않는 기억의 세계
천지현

『나는 기억한다』의 시작은 결코 친절하지 않다. 조 브레이너드는 전후 사정에 대한 아무런 설명 없이 자기 기억의 조각들을 툭툭 털어놓는데, 독자는 그것을 주워 담으며 따라갈밖에 다른 방도가 없다. 시간도 공간도 오락가락 두서없기 짝이 없다. 아이스크림과 청량음료를 먹던 꼬마가 한순간 담배를 피우는 청년이 되고, 털사의 다운타운 장면은 휑하니 맨해튼의 뒷골목 풍경으로 넘어간다. 학창 시절 여학생들의 옷차림을 지켜보던 눈길이 다음 순간 현실 저 너머의 환상을 바라보고, 주변의 사소한 물건들을 관찰하던 어린 시선은 성큼 성장해서 게이바에 있는 자신을 돌아본다. 게다가 내용은 어떤가? 온갖 잡다한 대상에 대한 언급, 스쳐 지나가는 주변에 대한 관찰, 지극히 사적이고 내밀한 경험의 고백 따위가 뜬금없이 나타났다 갑자기 사라진다. 그래서 이 글의 흐름을 좇기가 언뜻 편하지만은 않아 보인다.

물론 현대 소설 좀 읽어보고 '의식의 흐름'이라는 개념에 대해 들어본 적이 있는 독자라면 이런 형식도 그렇게 낯설지만은 않을 것이다. 『나는 기억한다』야말로 변덕스러운 기억의 흐름을, 의식의 흐름을 그대로 따르고 있기 때문이다. 그러나 독자들의 지성을 떠보는 것 같은 실험적 '현대' 소설이나 자의식 과잉으로 잔뜩 힘이 들어간 그 작가들에 대해서 다소간 거부감을 느껴본 사람에게도 브레이너드의 불친절함은 그다지 불쾌하지 않게 다가온다. 처음 몇 페이지의 어리둥절함을 지나면 어느새 그의 이야기에 빠져들기 시작한다. 생뚱맞은 그의 고백을 듣다보면 어느새 그에게 친근감까지 느끼기 십상이다. 시공간과 문화적 배경의 차이에도 불구하고, 그것이 공감을 느끼는 데 큰 장애가 되는 경우는 드물다. 독자들에게서 이런 반응을 이끌어낼 수 있는 힘은 무엇일까? 대체 뭐가 특별한 걸까? 1975년 이 책을 처음 읽은 뒤 지금까지 사로잡혀 있다는 작가 폴 오스터는 나름의 대답을 갖고 있다. 그는 "나는 기억한다"라는 말로 기억을 이끌어내는 방식이 "경이로운 발견"이었다고 단언하면서 이렇게 말한다.

1975년 이후 많은 이들이 자기 나름의 『나는 기억한다』를 써왔지만, 브레이너드의 원래 작품이 지닌 광채를 비슷하게라도 따라잡은 사람은 하나도 없었다. 그 광채는 이 작품이 순전히 사사롭고 개인적인 것의 한계를 넘어 모든 사람에 관한 이야기라는 데서 나오는데, 이는 위대한 소설들이 하나같이 모두에 관한 이야기인 것과 마찬가지다. 브레이너드의 이러한 성취는 책 전체를 통하여 동시에 작동하는 몇 가지 힘의 산물로 보인다. 주문을 외는 데서 오는 최면 같은 효과, 절제된 문장, 자신에 대해 대부분의 사람은 부끄러워서 차마 얘기하지 못할 (때로는 성적인) 것들까지 드러내는 저자의 용기, 세세한 것을 포착하는 화가의 눈, 이야기를 풀어나가는 재능, 다른 사람들을 쉽게 판단하지 않으려는 태도, 내면적 기민성, 자기 연민의 결여, 직설적 단언에서 분방한 공상의 정교한 서술까지 다양한 어조 변화, 그리고 무엇보다도 (이게 가장 호감 가는 부분인데) 책 전체의 복합적인 음악적 구성 등이 그것이다.

—『조 브레이너드 문집(*The Collected Writings of Joe Brainard*)』 서문에서

음악적 구성이라고 한 것은 이 책 전체에 걸쳐 "몇 가지 주제가 교차 반복되면서 발전하고 어우러지는 등" 대위법, 푸가, 반복, 다성성 같은 요소들이 나타나기 때문이라고 한다. 아무튼 이런 이유로 오스터는 몇 년에 한 번씩 『나는 기억한다』를 다시 펴들곤 해서, 모두 일고여덟 번이나 재독했다. 결코 소진되지 않는 '무진장한' 책, 그래서 언제 다시 읽어도 새로운 작품이라는 게 이 브레이너드 열혈 팬의 평가다.

이 책의 모든 단락을 시작하는 "나는 기억한다"라는 구절은 마치 마법의 주문처럼 기억을 소환한다. 그렇게 불려나온 온갖 소재의 기억들이 하나하나 쌓이고 서로 작용하면서 브레이너드의 과거와 현

재, 외면과 내면의 세계가 파노라마처럼 펼쳐진다. 가족과 교회와 학교생활, 먹거리와 옷가지, 각종 상품과 물건들, TV와 영화를 비롯한 대중매체와 팝뮤직, 대중 스타들, 성경험을 포함한 육체적 경험, 지인이나 친구들과의 사회생활, 당대에 나돌던 농담과 흔히 쓰던 표현들, 공상과 환상, 고백과 통찰과 상념 등등에 대한 그의 기억들이 교차되어 짜이면서 하나의 세계를 (실은, 한 사람 안에서 모순적으로 결합된 복수의 세계들을) 그려내는 것이다. 이 세계는 겉모습만으론 우리의 것과 사뭇 달라 보이지만, 표면적인 이질성을 한 켜 걷어내고 나면 결국은 어느 누가 사는 어떤 세계와도 그리 다른 것이 아닐 터이다.

미국 중남부의 오클라호마 주 털사 시. 20세기 들어 석유산업의 중심지로 부상해 나름의 물질적 번영을 구가했지만 고지식한 보수성도 만만치 않은 곳. 1940년대와 5, 60년대. 대량생산된 형형색색의 상품들이 쏟아져 나오면서 대중매체와 결합된 광고의 이미지가 모든 이의 삶과 의식을 깊숙이 파고들던 시대였다. 중산층의 건실한 일상과 속물근성이 미묘하게 혼재하는 세계. 그 속에 한 소년이 있다. 1942년생. 그는 패션 디자이너를 꿈꾸기도 하지만 곧 예술가로 성장할 것이다. 초기의 어설픈 성적 경험을 거친 후 자신이 동성애자임을 깨닫게 될 것이고, 20대가 되면 뉴욕으로 건너가 허름한 예술가촌에 살면서 자신의 길을 찾을 것이다.

1960년대 말 『나는 기억한다』를 쓰기 시작하던 무렵의 조 브레이너드는 뉴욕에서 왕성하게 활동하며 유망한 청년 화가로 평가받고 있었다. 20대 후반에 이미 실력을 널리 인정받은 젊은이로서, 자신의 과거를 돌아보며 그런 성취에 이르기까지의 어려움과 노력을 자기만족적으로 바라볼 수도 있었다. 더군다나 당시의 뉴욕은 기성세대의 모든 것을 거부하는 다양한 저항문화의 중심지가 아니었던가. 좀 더 과시적인 성격의 사람이었다면, 섬세한 예술가인 자신이 너무나도 진부한 환경의 압박을 얼마나 견뎌내야 했는지, 남과 다른 성적 취향 때문에 남모를 고통에 얼마나 시달려야 했는지, 하는 식으로 기억을 각색하거나 과장하고 싶은 유혹에 넘어갔을지도 모른다. 그러나 브레이너드의 글에는 그런 자기 포장이 없다. 낱낱의 기억들은 건조한 사실로만 제시되고, 그에 대한 해석은 극도로 자제된다. 일관된 서사가 없다는 점도 작가의 감상을 배제하는 장치로 작용한다. 상처를 입었음직한 일을 이야기할 때도 눈물기가 없다. 지극히 내밀한 일, 심지어는 남부끄러워 말하기가 어려울 일을 털어놓을 때도 얼굴을 붉히지 않는다(언어 표현에서도 표정이 읽히지 않는가). 스스로에 대해 이렇게 무감한 사람도 찾기 어려울 것이다.

사실 온전하게 포괄적이고 객관적인 기억이라는 것은 존재하지 않는다. 삶과 세계의 일부가 기억의 대상으로 선택된다면 나머지는 배제될 수밖에 없으며, 선택된 대상이라도 그 모든 측면이 의식에 포착되어 새겨질 수는 없다. 나아가, 새겨진 것을 낱낱이 되살릴 수조차 없다. 따라서 어떻게 보면 기억 그 자체보다는 기억하기와 그것을 불러내기에서의 선택과 배제가 그 사람에 대해 더 많은 것을 말해준다고 할 수 있다. 여기서 많은 질문이 생겨난다. 원래 이런 사람이기 때문에 유독 저런 특정한 기억들을 품어온 것일까, 아니면 그 기억들이 쌓여서 이런 사람을 만들어낸 것일까? 기억을 불러낼 때, 그 사람에게 선택받지 못하고 괄호 안에 남겨지는 부분들은 어쩌다 그런 신세가 된 것일까? 그가 무의식적으로 회피한 것일까, 아니면 의도적으로 외면한 것일까? 그것도 아니면 군이 언급할 만큼 관심이 없거나 단순히 망각한 것일까?

이런 의문들, 궁극적으로는 답이 없는 질문들을 안은 채 "나는 기억한다"로 시작하는 문장과 문장 사이의 빈칸을 채우는 것은 다시 독자의 몫이 된다. 그 행간에서 어떤 독자는 어린 예술가의 예민하고 섬세한 시선을 읽어낼 수도 있겠고, 다른 독자는 드러내기 힘든 욕망을 안으로 접어 넣는 소심한 젊은이의 사정을 읽고 같이 안타까워할 수도 있다. 물론 다른 읽기들도 가능한데, 어떤 쪽이든 간에 어느 순간, 그의 기억 사이사이에 자신의 추억과 향수를, 아픔과 기쁨을 끼워 넣고 있음을 깨닫게 될지 모른다.

이렇듯 브레이너드는 무심한 듯 자신의 기억들을 던져놓고 독자가 그를 대신하여 그 기억들을 해석할 공간을 열어놓는다. 작가는 뒤로 물러나 있고 그를 찾기 위해 독자들이 한 발짝 한 발짝 다가가는, 역설적이라 할 사태가 벌어진다. 독자들은 아마도 저마다 조금씩 다른 브레이너드를 만나겠지만, 책을 덮고 난 뒤엔 누구나 이 청년을 오래전부터 알고 지낸 사람처럼 여기게 될 것이다. 무언가를 소리 내어 주장하지 않고 그저 자신의 소소한 기억들을 들려만 주는 브레이너드에게 독자도 자기 얘기를 털어놓고 이해를 구하며 공감을 나누고 싶은 기분이 들 수도 있다. 작가의 기억을 읽어가는 과정을 통해 자기 자신의 과거를 반추하게 만드는 기묘한 힘에 대해 오스터는 다음과 같이 말한다.

> 브레이너드는 고백하지만 부르짖지는 않는다. 그리고 자기 삶의 이야기를 신화화하는 데에도 관심이 없다. 그는 온화하고 젠체하지 않는 태도와, 세상이 그의 앞에 내놓은 모든 것에 대한 차분한 관심으로 우리를 매혹한다. 그의 책은 시작도 끝도 소박하다. 그러나 정교하게 표현된 작은 관찰들이 그토록 많이 쌓이면서 빚어내는 힘은 그의 책을 위대한 그 무언가로, 믿건대 미국 문학의 일부로 오래도록 남을 무언가로 만들어준다.
>
> —『조 브레이너드 문집』 서문에서

이 책을 번역하는 과정은 옮긴이가 조 브레이너드라는 청년을 만나 그를 이해해가는, 꽤 매력 있는 교우의 과정이었다. 마지막 문장까지 옮기고 나자, 이제 좀 친해졌다 싶은 이 사람과 헤어지기가 섭섭하다는 느낌이 들 정도였다. 시대는 물론 성장 환경과 문화적 배경도 사뭇 다른 그를 더 잘 이해하기 위해, 본문에서 거론되는 인물과 사물, 사건들에 관해 구글과 위키디피아, 유튜브 등 많은 사이트와 매체를 돌아다니며 찾아보았고, 그 소득을 독자와 공유하고자 본문 아래 꽤 많은 각주를 달았다. 읽는 흐름을 흐뜨리지 않을까 걱정도 되었지만, "누구지? 무슨 소리지?"하고 그냥 넘어가거나 번거롭게 인터넷을 찾게 만드는 것보다는 이편이 낫다고 판단했다. 주석이란 자칫하면 독자들의 읽기에 지나치게 개입해 특정한 해석을 강요하게 될 수도 있기에 객관적 정보를 간단히 요약하는 데 그쳤다. 어쩌면 글로 설명하는 것보다 그림 한 점으로 보여주는 편이 더 효과적이었을 대목도 적잖이 있었지만(저자가 화가 아닌가), 복잡한 판권 문제도 있고 해서 그렇게 못 한 게 많이 아쉽다.

책을 읽고 난 후 옮긴이처럼 브레이너드에 대해 더 많은 것을 알고 싶어진 분은 그에 관한 짧은 기록영화 『나는 기억한다: 조 브레이너드에 관한 영화(I Remember: A Film About Joe Brainard)』를 꼭 구해 보시라 권하고 싶다. 당시의 시대상을 보여주는 화면을 배경으로, 이 책의 몇 대목을 낭독하는 저자의 모습과 그를 회고하는 론 패짓의 이야기를 들을 수 있다. 1998년 이 책에서 발췌한 구절들을 대사로 하여 만든 단편영화 『나는 기억한다』(선댄스 영화제 출품)도 작은 보석 같은 작품이다. 폴 오스터도 제작에 참여했다고 한다.

책이 나오기까지 많은 도움을 받았다. 수십 년 알고 지낸 선배가 번역을 주선했고, 모멘토 출판사에선 선뜻 일을 맡겨왔을 뿐 아니라 원고 교열도 꼼꼼하게 보아 글이 더 편하게 읽히도록 만들어주었다. 가족들의 지원이야 새삼 말할 필요도 없다. 모두에게 감사드린다.

저자에 대하여

    화가이자 문필가인 조 브레이너드는 1942년 3월 11일 아칸소 주 세일럼에서 태어나 오클라호마 주 털사에서 성장했다. 어린 시절부터 미술에 재능을 보였으며, 고등학교 때는 시를 쓰던 론 패짓, 딕 갤럽과 함께 『화이트 도브 리뷰(*The White Dove Review*)』라는 미술·문학 잡지를 만들기도 했다. 고등학교를 졸업한 후 데이턴 미술대학에 몇 달 적을 두었다가 뉴욕으로 옮겨 가서 패짓, 시인 테드 베리건과 합류했다. 브레이너드가 글을 쓰기 시작한 데에는 베리건의 권유가 가장 큰 역할을 했다. 하지만 1960년대 초에는 주로 회화 작업에 힘을 쏟았다.

    브레이너드는 1965년 뉴욕의 앨런 화랑에서 첫 개인전을 열었다. 이후 랜도-앨런 화랑과 피슈바크 화랑에서도 전시회를 했으며 미국 각지와 해외의 많은 단체전에 참가했다. 그의 초기 회화와 아상블라주(assemblage, 일상용품이나 폐품, 자연물 따위를 작품에 도입하는 것으로, 콜라주와 달리 대개 입체적 작품이다)에서는 재스퍼 존스와 앤디 워홀, 조지프 코넬의 영향이 보이지만, 그는 곧 서정성과 위트, 친화성을 아우르는 특유의 작품들을 내놓기 시작했다. 무대와 관련된 그의 작업에는 프랭크 오하라의『장군, 저쪽에서 이쪽으로 돌아오다』와 리로이 존스의『화장실』을 위한 세트 디자인, 루이스 팰코 무용단과 조프리 발레단을 위한 세트와 의상 디자인이 포함된다.

브레이너드는 아방가르드 경향 예술가들의 비공식 집단인 이른바 '뉴욕 스쿨'의 많은 작가, 화가와 교유했다. 몇몇 예를 들자면 존 애슈버리, 루디 버크하트, 에드윈 덴비, 켄워드 엘름슬리, 앨릭스 카츠, 케네스 코크, 조지프 레수어, 프랭크 오하라, 페어필드 포터, 제임스 스카일러 등인데, 이들 중 여럿과는 공동 작업도 했다. 오하라, 엘름슬리, 패짓 같은 시인들과의 협업으로 시와 만화를 결합하여 만든 전위적인 책『C 코믹스』(1964)와『C 코믹스 2』(1965)는 아직도 거론되며 높은 평가를 받고 있다. 시집과 잡지의 표지도 숱하게 디자인했으며, 레코드 앨범들의 커버도 만들었다. 그의 소묘와 콜라주, 아상블라주, 회화 들은 메트로폴리탄 미술관, 뉴욕 현대미술관, 휘트니 미술관, 그리고 캘리포니아 대학교 샌디에이고 캠퍼스의 조 브레이너드 기록 보관소 등에 소장되어 있다. 2001년에는 버클리 미술관이 기획한 대규모의 순회 회고전이 열렸다.

브레이너드의『나는 기억한다』는 두 차례 영화로 만들어졌다. 1998년 제작자이자 감독인 아비 제브 위더(Avi Zev Weider)가 이 책에서 발췌한 구절들로 같은 이름의 단편영화를 만들어 선댄스 영화제에 출품했다. 작가 폴 오스터도 '제작 책임자' 명목으로 참여한 이 작품은 호평을 받으며 전 세계 25개 영화제에서 상영되었다. 2012년엔 영화감독 맷 울프(Matt Wolf)가 자료 화면들을 조합하여 짧은 다큐멘터리 「나는 기억한다: 조 브레이너드에 관한 영화」를 발표했다. 2007년에는 영국의 얼터너티브 록 밴드인 맥시모 파크(Maximo Park)가 「(나는 기억한다) 조 브레이너드」라는 곡을 발표했다.

『나는 기억한다』를 특별한 형식의 시집으로 보는 사람도 많다. 한 예로, 1960~70년대에 시인 존 지오노(John Giorno)가 주관했던 '전화로 시 듣기(Dial-A-Poem)' 서비스에 브레이너드의 이 책 낭독이 포함돼 있었다.

조 브레이너드는 1994년 5월 25일 뉴욕에서 에이즈로 인한 폐렴으로 사망했다.

『나는 기억한다』를 본뜨거나 그에 영향받은 주요 저서들

- Georges Perec(프랑스 작가), *Je me souviens*(『나는 기억한다』), 1978

- Gilbert Adair(영국 작가, 영화평론가), *Myths and Memories*, 1986 (2부 '*Memories*'가 "나는 기억한다" 형식)

- Harry Mathews(미국 작가), *The Orchard: A Remembrance of Georges Perec*, 1988 (친구였던 페렉이 죽은 후 그에 관한 기억을 "나는 기억한다" 형식으로 정리한 소책자)

- Shane Allison(미국 시인), *I Remember*, 2011

- Margo Glantz(멕시코 작가), *Yo también me acuerdo*(『나도 기억한다』),

2014

- Édouard Levé(프랑스 작가, 사진가), Autoportrait, 2005 ("나는 기억한다" 형식은 취하지 않았음. 국역본 『자화상』, 정영문 역, 은행나무, 2015)

조 브레이너드의 저서들

I Remember, Angel Hair, 1970

Selected Writings, Kulchur, 1971

Bolinas Journal, Big Sky, 1971

Some Drawings of Some Notes to Myself, Siamese Banana, 1971

The Cigarette Book, Siamese Banana, 1972

The Banana Book, Siamese Banana, 1972

I Remember More, Angel Hair, 1972

The Friendly Way, Siamese Banana, 1972

More I Remember More, Angel Hair, 1973

I Remember Christmas, Museum of Modern Art, 1973

New Work, Black Sparrow, 1973

I Remember(Collected Edition), Full Court Press, 1975; Penguin, 1995

12 Postcards, Z Press, 1975

29 Mini-Essays, Z Press, 1978

24 Pictures & Some Words, BLT, 1980

Nothing to Write Home About, Little Caesar, 1981

나는 기억한다

초판 1쇄 : 2016년 5월 16일
초판 발행 : 2016년 5월 20일

지은이 : 조 브레이너드
옮긴이 : 천지현

펴낸이 : 박경애
펴낸곳 : 모멘토
등록일자 : 2002년 5월 23일
등록번호 : 제1-3053호
주 소 : 서울시 마포구 만리재 옛4길 11, 나루빌 501호
전 화 : 711-7024, 711-7043
팩 스 : 711-7036
E-mail : momentobook@hanmail.net
ISBN 978-89-91136-29-8
잘못된 책은 구입하신 곳에서 바꿔 드립니다.